이만하면 됐다

이만하면 됐다

▶ 그럼에도 계속 나아갈 것

서희진 지음

This Is Enough, But Never Stop Moving Forward

좋은땅

차례

이만하면 됐다

글을 한 번 써 보겠노라 작정해 본다.

나는 한때 은퇴를 하면 영어 동화를 번역하는 작가가 되겠다 생각했다. 동화를 직접 쓰겠다는 창작의 의지는 없었으나, 그나마 지금까지 공부해 왔던 영어를 즐겁게 활용할 수 있는 게 뭘까 생각 중 떠오른 것이 학습과 취미와 직업이 결부되면 가장 좋겠고, 그래서 최종 선택한 것이 바로 영어 동화 번역 작가다.

그러나 지금은 AI가 생활에 밀접해질수록, 이제 어쩌면 지금의 아이들에게 영어를 배우고 익히는 의미는 퇴색되지 않을까? 더욱이 번역가라는 직업이 소멸되지는 않을까 염려스러울 정도이다. 물론 번역의 창작성과 전문성을 AI가 완벽히 대체할 수 있을 거라 생각하진 않는다. 그러나 영어는 주변에서도 누구나 잘 하고 쉬운 듯하면서도 결코 정복이 쉽지 않은 언어임에 틀림없다. 이 언어 장벽이 AI에 의해 서서히 무너지는 조짐이 보이는 듯하다.

예전에 인기였던 매우 중독성이 강한 테트리스 게임이 떠오르면서 귀에 익숙한 테마와 함께 화면에 화려하게 떠오르는 크렘린 궁의 이미지 또한 생생한 기억을 소환시킨다. 블록 하나를 이리 저리 돌려 가며 맞춤이 되었을 때 느끼는 카타르시스는 또한 어떠한가? 이 게임의 묘미는 절체절명의 순간 블록 하나가 떨어지면서 그동안 쌓아 놓은 필드의 여백에 딱 맞춰지고 한꺼번에 와르르 무너지는 그 시원한 감정의 해소를 말이다. 그러나 어느 순간 하얀 볼드 글씨체로 GAME OVER가 게임기 화면에 나타나면 게임은 종료된다.

이렇게까지 AI의 유용성을 예찬하는 이유는 요즘 Chat GPT나 제미나이에게 다양한 번역 일을 시키고 있기 때문이다. 각각의 영작 번역 원고를 훑어 보면서 가장 좋은 것으로 선택하는 것만이 내 몫이지만 물론 나의 세밀하고 신중한 숙고의 과정을 거쳐 선별 사용한다.

얼마 전 MBA 동창들과 지금은 반드시 책을 몇 권 내야만 하는 시대가 왔다고 얘기를 나눴다. 나를 글쓰기와 책을 내는 것에 동의하지만 도대체 어떤 주제로 무엇을 써야 할지 막막하여 글 쓰는 어려움 또한 동감하는 눈치였다. 공통된 의견은 "우리는 정말이지 평범해서 글을 쓸 소재가 딱히 없다."였다.

"뭔가 글을 쓸 만한 소재 거리가 없고, 또 내가 쓴 글이 과연 다른 사람들에게 읽힐 만한 것인지 잘 모르겠다." 그러더니 도서의 수요층이 MZ 세대로 넘어가면서 "요즘 MZ들은 책을 안 읽는다고 하던데."라며 어느새 독자층이 점점 더 얇아지고 있는 것에 염려하는 분위기로 들어섰다.

요컨대 성공한 사람들은 대개 그들의 유년 시절이 평탄하지 않았고, 많은 어려움을 겪었으며 마침내 극복하여 상당한 부와 명예를 얻었다는 것이다. 이처럼 고난과 성공이라는 흥미진진하고 다이나믹한 소재들을 엮어 이처럼 평범한 우리들과는 비교할 수 없는 매혹적인 스토리 전개가 가능하다는 것이다.

나는 최근 구입한 책 마리나 반 주일렌 지음, 박효은 옮김의 『평범하여 찬란한 삶을 향한 찬사』를 읽기 시작했다. 이 책의 표지에는 "인류는 평범한 중간의 이들 덕분에 살아남았다!"라고 하는 단순한 메시지를 던지는데, 여기에 평범과 중간이라는 범주에 해당되는 이가 바로 나라는 사실에서부터 열렬한 공감을 얻었다. 그리고 이렇게 찾은 '평범'이라는 단어는 아르키메데스가 나무 욕조를 사용했는지 아니면 대리석 욕조를 사용했는지 알 수 없지만 목욕 중 흘러 넘치는 물의 양을 보고 부력의 원리를 깨달은 것과 같다. 유레카! 이 '평범'의 단어는 내 심장에 깊은 울림을 주었다. 왜냐하면 나는 솔직히 정말 느무느무 평범한 직장인이기에 무작정 이 책 제목에서 쓰인 '평범'이란 단어에 매료되었고 나의 글쓰기는 "이만하면 됐다"로 정해졌다. 좀 더 정확히 '평범'이란 단어 앞에 수식어 '지극히'를 붙여 '지극히 평범'함으로 써야 옳지 않을까?

혹여 동일한 제목의 책들이 존재하지나 않을까 의구심이 들어 온라인 서점을 점검해 봤는데 크게 눈에 들어오는 도서 목록은 없으니 다행이다.

'이만'한 게 도대체 뭐란 말이지? 됐다는 거는 만족한다는 뜻인가? 하며 반문해 본다.

나의 해명은 이렇다. '이만하다'는 거는 그닥 잘난 거 하나 없는 나의 이만저만한 현재의 상태를 의미한다. '됐다'라는 것은 현 상태가 평범해서 성공과 잘난 체하기에 부족함이 많으니 이로써 감내하겠다는 의지이다. 제목에 대한 나의 합리성을 부여한 것은 아니다. 뭔가 거창한 것을 생각지 않았다. 그냥저냥 나라는 사람이 특별한 소재 없이 글을 쓰기에 적당한 제목임을 자처해 본다.

또 오늘은 예사롭지 않게 강물 위에 아주 큰 새가 멋지게 하늘을 나는 꿈을 꾼 날이다. 그 새는 청둥오리와 같이 색감이 다소 화려했는데 컬러 꿈이긴 하지만 정확히 어떤 컬러였는지는 기억나지 않는다. 새의 모양새는 아무래도 오리과의 철새처럼 둥글둥글한 체형이라기보단 날개가 제법 길었던 듯 수면 위를 멋지게 비상하는 모습에 의미를 부여했다. 늘 그렇듯 컬러풀한 꿈이 주는 왠지 모를 기대감이 있었지만 오늘 하루 아무 일도 일어나지 않은 지극히 평범한 날로 마무리될 듯하다.

이처럼 나는 평범한 사람이 '이만하면 됐다'는 제목의 글을 오늘부터 써 내려 가기로 했다. 근래 50에 읽는 OO시리즈 책들이 많이 출간되고 있는데, 나는 50에 에세이를 쓴다. 단지 우려스러운 점은 혹시나 이 평범함이 내내 평범한 직장인의 불평을 하소연하는 글감이 되지나 않을까 하는 점이다.

깊은 숨을 쉬고
진정 효과 얻기

술을 잘 마시진 않는다. 잘 마신다는 거에는 마시는 술의 양과 빈도를 포함한 것이니 이 문장부터가 나와 잘 맞아 떨어지진 않는다.

그러면 왜 술을 마시는가? 2명 이상 함께 즐기는 자리라면 당연 사회 활동의 매개체로서 그 역할을 할 것이다. 대화가 오가고 그 자리에서의 즐거움과 슬픈 감정을 서로 교류하며 때론 술의 힘을 빌어 용기를 내어 보기도 하고, 아무튼 그러하다.

혼술은 어떠한가? 여름날 퇴근 후 목마름을 해결하기 위한 음료수가 될 수도 있고, 기뻐해야 마땅한 일에 대해 스스로 축하할 수도 있겠지만 아마도 기쁘지 아니한 일을 마주하며 고난에 대한 탄식 아니면 소리 없는 침묵으로 위안 삼을 동반자는 아닐는지. 만약 술을 즐기지 않는 경우라면 말이다.

아직 초여름의 기세로 저녁 나절은 더위가 꺾이고 제법 선선한 편이다. 많은 이들이 야외에서 플라스틱 테이블에 세팅된 치킨과 시원한 생맥의 유혹을 이겨 내기 힘들 수도 있다. 아마도 저녁에 뭘 먹어야겠단 생각이 찾아올 즈음 5시에서 6시가 되면 끼니를 대신할 만한 안주를 찾고 맥주를 곁들이는 것으로 갈음하는 것이다. 여기에 함께 동참할 수 있는 가족 또는 지인이 있다면 얼마나 좋겠는가?

맥주 맛이 싱겁다는 이유로 적절한 비율의 소주를 희석하면 마주 앉은 이들이 모두 흡족해하며 만찬은 시작되는 것이다. 소주 컵 두 개를 나란히 겹치고 이 두 개가 겹치는 높이까지 소주의 양을 맞추고, 이를 다시 맥주잔에 섞어 숟가락 두세 번 위아래로 힘껏 탁탁 두드려 주면 더 많은 맥주 거품의 생성으로 세상 부러울 거 없는 소맥의 혼합주가 그 탄생을 알리게 된다.

살랑거리는 바람을 맞으며, 야외의 트인 공간에서 와자지껄 떠들썩한 웃음 한바탕에 차가운 맥주의 목 넘김을 유쾌히 바라보는 듯하다.

맥주도 각 나라를 대표하는 브랜드가 있다. 맥주의 본 고장 독일의 벡스, 네덜란드의 하이네켄, 미국의 버드아이저, 아일랜드의 기네스가 있다. 그리고 세계적으로 유명한 독일의 맥주 축제 옥토버페스트가 있다면 체코는 세계 맥주 소비량이 가장 높은 국가이고 맥주로 자부심이 높다. 맥주 제조의 오랜 역사와 전통을 자랑하며, 1842년에 처음 양조되었다는 필스너 우르켈이라는 브랜드를 보유하고 있다. 요즘 K푸드가 유행이고, 바삭하게 튀긴 치킨과 갖가지 소스로 무장된 양념 치킨의 맛 또한 세계인의 입맛을 사로잡은 만큼 삼겹살에 소주와 같이 우리나라의 황금 비율로 믹스된 소맥도 번창하리라 믿는다.

나의 음주 생활은 어떠한가? 건강검진 문진표에 묻는 알코올 섭취 문항에서 주 1회에도 못 미치는 연 단위 4회 정도가 빈도에 해당된다. 마시는 음주량도 기껏 355ml 캔맥주 2/3정도에 달하는 주량으로 음주가들의 입장에서는 지극히 미량일 것이다.

그러나 어제 저녁은 이전과 다른 음주량의 증가로 크게 진일보한 날이다. 냉장고에 있던 500ml 캔 맥주를 거의 다 마신 것으로 보아 이전보다 대단한 진화를 보였다. 이제 거뜬히 355ml 캔맥주 하나가 나의 음주량이라 말할 수 있을까?

왜 오늘은 술에 관한 이야기를 할까? 마음이 불편한 주제가 하루 종일 머리에서 떠나질 않기에 잠시라도 생각을 멈추고자 했다. 그래서 즐기지 않았던 맥주 한 캔으로 불유쾌한 순간 순간을 제어해 보자는 작은 기대치가 생겨났다. 그런데 예상보다 그런대로 부드러운 거품과 함께 '술술' 넘어가고- 그래서 '술'이라 하지 않던가? 알코올이 서서히 몸 전체로 퍼져 나가는 리얼 타임의 순기능을 마주하게 되었다. 한숨일는지도 모르겠으나 오히려 숨 쉬는 것이 훨씬 더 가벼워지고 그러다 보니 마음도 가라앉게 되는 부수적 효과가 나타났다. 후우우~. 깊은 숨을 내쉬고 그것이 마음의 번뇌를 호흡과 함께 훌훌 털어 내는 기분이랄까? 들이마시고 내쉬는 숨을 통해 가슴을 탁 내리면 시름도 홀연히 빠져나간 듯 마음이 후련해진다.

내겐 이상하리만치 맥주의 쓴맛이 유독 강하게 느껴지는데, 그 맛을 좋아하진 않아 한 모금씩 마시면 이 쓴맛이 계속 입안에 농축되어 버린다. 어쩌면 이 약간의 쌉쌀한 맛이 짭쪼름한 안주들과 곁들여져 궁극의 맛으로 조화된 것일 수도 있다. 하지만 나에겐 안타깝게도 결국 이 쓴맛으로 인해 음주량에 한계가 온다. 어쩌면 나와 잘 어울리는 맥주를 선택하고 그에 어울리는 맥주 페어링 푸드를 잘 선정하면 이 쓴맛을 순화시킬 수 있을지도 모르니 한번 시도해 봐야겠다.

어찌하든 맥주 캔 하나로 진정 효과를 볼 수 있어 참 다행이다. 이런 순간의 빈도가 자주 반복되지는 않기를 바랄 뿐이다.

깊은 숨을 쉬고 진정 효과 얻기

눈높이 줄자,
그릇 크기에 맞는 물을 담자

다시 평범이라는 주제가 화두로 떠올랐다. 며칠 전 대학 후배와 점심을 함께하며 "나는 너무 평범하다."라고 운을 뗐고, 이런 사람이 이제부터 글을 몇 자 적어 보기로 했다고 내 다짐을 공유해 봤다. 그녀들은 냉큼 "언닌 수필을 쓰는구나." 하며 아주 정확히 문학적 장르까지 꿰뚫었다. 또한 오히려 나의 수줍은 책 제목, 그러나 나에게는 소중했던 단어 '평범'에 대해 평범한 것이 가장 어려운 것일 수 있다는 의견을 주었다. 정말 그런 건지 의아하지만 비범하지는 않으니 자연스레 평범함이 따라온 것. 좋은 해석으로 나의 글쓰기를 지속 가능하도록 격려해 준 셈이다.

그런데 지금 떠오르는 제시어는 눈높이다. 어느 초등학생 학습지 광고에서 예전에 썼던 '눈높이 교육' 컨셉인 듯하다. 하지만 요즘 들어 새삼 느끼는 것이 바로 상대방의 눈높이에 맞출 줄 아는 것이 번뇌 많은 속세에서 정확히 콕 집어 말하자면 직장에서 미련하지 않고 미려한 삶을 사는 자세가 아닌가 한다.

얼마 전 이력서를 다시금 업그레이드 하다가 28년의 직장 경력을 정정하며 내심 소스라치게 놀라웠다. 아니 이건 뭐 그 영겁의 세월이 흘러 나도 모르는 새 내 나이 50이 돼 버린 것이다. 나이 타령을 하고 싶지는 않지만 20년 30년 직장 생활 외길을 걸어 온 그야말로 장인인 셈이다. 사무실에서의 장인. 아무튼 그 긴 시간을 직장인으로서 살아왔는데, 이제서야 나와 다른 사람들과 보는 눈높이가 다름을 깨달았다는 점이다. 24년을 대기업 집단에 속해 있으면서 체득된 것과 중소기업에서 느끼게 되는 차이와 다름을 나는 여전히 내 눈높이에서 가늠하고 있었다는 것이다. 한국의 중소기업에 다니는 80% 이상의 직장인을 폄하하는 것은 절대 단연코 아니니 오해하지 말기를 바란다.

이것은 나의 불찰이다. 사람마다 타고난 성정과 지식과 경험이 다양함에도 불구 나는 나의 잣대로만 과부족을 탓하며 나 또한 불편한 감정에 휩싸여 있었던 것이다. 때론 내려놓을 줄도 알아야 한다고 말한다. 주위에서 많은 조언을 해 주었고 나 또한 그래야 한다고 여러 번 되뇌었다. '내려놓다'의 뜻을 물으니 심리적 의미에서 마음속의 걱정이나 부담을 '덜어내다'와 '포기하다' 그리고 '단념하다'는 해석이 나온다. 나는 계속 내려놓겠다는 다짐을 수없이 반복했고, 대체 어디까지 내려가야 하는지 그 끝을 모르겠다는 생각뿐이었다. 그래서 단념까지도 해 봤지만, 역시나 눈높이가 맞지 않는 환경에서 밑도 끝도 없이 내려가기만 하는 것은 모순이었다.

하지만 이제 깨달았다. 상대방의 눈높이에 따라 나를 낮춰야 한다는 것을…. 만약 반대의 상황이라면 나 또한 상향하는 눈높이에 맞출 수 있도록 노력해야 한다는 것을.

이 눈높이를 다시 쓰면 그릇의 크기에 맞는 물을 담아야 한다고 정리해 보겠다. 우리는 사람을 그릇에 비유한다. 상대의 눈높이에 맞출 줄 안다는 것은 그릇의 크기에 적절한 양의 물을 알맞게 부을 줄 알아야 함을 의미한다. 작은 그릇에 많은 양의 물을 담으려 하면, 다 담지도 못하고 오히려 밖으로 흘러 넘쳐 부족하게 담기게 된다. 남는 것은 부족함만 못하다 한다. 그릇이 작은 사람은 채워지지 못한 부족함만을 보며 상대를 탓할 것이고, 물을 붓던 사람은 담기지 못한 물을 그리고 바깥으로 흘려 버린 물을 헛되게 낭비해 작은 크기의 그릇을 탓할 것이다. 이 경우 부족한 것도 그리고 남는 것도 다 문제가 되는 것이다.

어느 조직에 속해 있건, 그 크기와 용량을 가늠하는 적절한 측정 도구를 사용해야 한다. 그리고 측정의 결과는 오롯이 상대적인 것이므로 나와 조직을 분리하고 구성원들과의 적절한 타협점을 찾을 수 있어야 슬기로운 조직 생활이 가능하다.

TV로 방영됐던 슬기로운 감빵생활, 슬기로운 의사생활이 떠오른다. 슬기로운 직장생활이 방영되면 어떨까? 슬기로운 생활은 내가 국민학교 때의 교재 3권 중 산수와 자연, 탐구에 관련된 교과목을 묶은 책의 제목이었다. 국어와 윤리를 대신하는 바른 생활과 음악, 미술, 체육을 통합시킨 즐거운 생활과 더불어. 그래서 요 통합 교재 3권을 항상 책가방에 넣고 다녔는데, 그중 바른 생활은 일명 "책장 넘기기"라고 하는 게임에 주로 많이 사용되어서 우측 하단의 책장들이 너덜너덜해졌다. 참고로 책장 넘기기 게임은 처음엔 책을 덮은 상태에서 펼쳤을 때 펼쳐진 책에 나오는 사람의 숫자만큼 처음부터 책장을 넘기고, 그다음 장부터 다시 무작위로 책을 펼쳐서 나오는 페이지의 사람 수만큼 책장을 넘겨 가장 빨리 책을 덮을 수 있는 사람이 승자가 되는 게임이다. 즉 그림 속 사람의 수가 많은 페이지를 찾을수록 책장을 더 많이 넘길 수 있게 된다.

매일의 일상이 바르고, 슬기롭고 즐거운 생활이기를 바란다.

눈높이 줄자, 그릇 크기에 맞는 물을 담자

깜장 커피가 주는
마음의 안식처

다른 직장인들은 주말을 어떻게 보낼까? 주5일 근무 이후 이틀의 휴일을 나름 보람차게 보낼 것이다. 가족과 함께 여행을 하거나 쇼핑을 즐길 수도 있고 집안을 청소하거나 맛집을 찾아 외식을 하기도 할 것이다. 하지만 나는 여기에 해당되는 사항이 없다.

지금 나는 집앞 스타벅스에서 메일들을 읽고, 지금의 글을 쓰고 있다. 때론 멍 때림으로 잠시 두뇌 활동을 멈추고 주변을 둘러보기도 한다. 간혹 가족이 오는 경우도 있고, 커플끼리 나누는 대화가 사이사이 들리기도 하지만 대부분 노트북이나 아이패드를 앞에 두고 혼자서 묵묵히 자신의 일을 처리하는 부류가 다수이다. 딱 한 번 찾아 간 스터디 카페의 고요함과 진지한 분위기에 압도당한 경험이 있다. 초창기 스터디 카페가 막 유행하기 시작한 때라 대부분 나이가 좀 있는 분들이 두꺼운 책들을 쌓아 놓고 열심히 공부하는 분위기였다. 자칫 볼펜이라도 바닥에 떨어뜨린다면 그 소리가 제법 크게 들릴 정도로 고요와 적막한 분위기였다. 의자에서 일어서 나가는 소리도 부주의하고 폐를 끼칠 거 같다는 염려가 들 정도니, 그 이후 나는 조금 더 자유로운 카페를 찾아 다녔다.

내가 스타벅스에서 주문하는 커피 메뉴는 유일하다. 따뜻하게 마시는 오늘의 커피면 족하다. "오늘의 커피, 톨 사이즈, 매장에서 마셔

요." 오늘의 커피는 아메리카노보다 더 진해서 흰색 머그잔에 담긴 커피의 색감도 깜장색에 가깝고 맛도 묵직하며 약간의 쓴맛이 곁들여져 새로운 일에 착수하기 전 정신을 일깨우기에 좋다. 또 커피 머신으로부터 추출된 뜨거운 에스프레소 커피에 물을 섞은 것이 아닌 천천히 드립 방식으로 추출되어—매장 직원에 의하면, 항상 유사한 멘트지만—서빙까지의 시간은 약 5분 정도 소요된다. 마지막 멘트 하나 더. "매장에서 드실 거예요?" 오늘의 커피가 서빙될 즘이면 마시기에 적절한 온도에 맞춰져 있다. 커피 머신에서 뽑은 에스프레소에 약 87도의 뜨거운 물을 부어 주는 일반 커피는 간혹 뚜껑을 열어서 식혀야 한다. 성격이 급한 나로서는 짧은 시간이지만 어서 커피를 마셔야 하는 긴박감에 일시 정지로 기다림이 필요하다. 하지만 오늘의 커피는 바로 마실 수 있다는 장점이 있다.

가끔 매장별로 맛이 다르기도 하지만 대개 "음, 이 맛이야!"라고 할 만큼 오늘의 커피 맛은 균등하여 어느 매장을 가든 크게 커피 맛이 달라서 실망하진 않는다. 내가 오랜 기간 식품 회사에 몸담아 왔기에 '음, 이 맛이야'라는 다시다 광고의 카피는 식음료에서 더 이상 그 제품의 맛을 표현하는 적절한 대체 어구를 찾기 어려울 만큼 꼭 알맞은 멋진 카피라고 생각한다. 스타벅스는 균등한 커피의 맛과 더불어 여기에 적당한 조명과 백색 소음으로 집중력을 쏟기에 안성맞춤이다. 나

깜장 커피가 주는 마음의 안식처

에게는 안식처로서 이만한 곳이 없다. 또 조금씩 바뀌는 새로 나온 굿즈를 잠시 잠깐 구경하는 재미도 쏠쏠하다.

집에서도 업무를 보거나 책을 읽고 해야 할 일을 하는 데 큰 어려움은 없지만, 오늘의 커피를 즐기며 널찍한 공간에서 나처럼 공부 또는 일을 하는 사람들과 함께 공유하는 공간이 좋다.

늘 앉는 창가를 뒤로한 자리에 둥근 테이블 하나를 차지하고, 직원이 눈치 주지 않아 부담 없고, 꽤나 오랜 시간을 점유하면서 아까운 주말이 이렇게 흘러가는군 하며 내일 있을 먼데이 블루에 잠시나마 유감을 표해 본다. 그렇다. 이제는 새로운 한 주를 맞이한다는 월요일이 더 이상 경쾌하게 시작되는 하루가 아닌 것이다. I Hate Mondays. 단지 주말이 끝나 가는 아쉬움을 토로하며 다가올 우울한 월요일을 맞이하기 전 살짜쿵 영혼을 달래어 보는 것이다. 그나마 다행인 것은 이번 주 토요일과 일요일에 학교 수업이 없어 고스란히 이틀을 나만의 휴일로 보냈다는 것이다.

주말의 오후를 스타벅스에서 보내는 것이 마음의 안식을 얻는 일이니 나심비(나를 위한 심리적 만족감을 주는 비용)는 두말할 것도 없고 주말의 루틴으로서 부담이 없다.

오늘 하늘은
Pantone No. 2393C

탁상 달력을 보니 5월의 마지막 주 한 자락이 위치하고 있다. 5월은 다양한 수식어가 있지만 무엇보다도 봄의 절정이 아닐는지. 유난히 봄비가 자주 내려서 황사나 미세먼지의 심각성이 덜했고 그래서 맑은 날엔 한없이 푸르른 하늘을 보며 서울 하늘이 이렇게 맑았나 하는 의구심이 들기도 했다.

점심을 먹고 잠시 밖으로 산책을 나가 높은 빌딩 사이로 보이는 파란 하늘이 시선을 잡았다. 그리 멋진 풍경도 아닐진데 폰을 꺼내 두 개의 높은 빌딩 사이로 잠깐 보이는 산봉우리와 둥둥 떠 있는 흰 구름을 보며, 이래서 외국인들의 눈엔 서울이 특이해 보일 수도 있겠구나 동감이 됐다.

하늘색(sky blue) 하면 눈앞에 펼쳐지는 색감이 있다. 오늘 하늘은 Pantone의 다양한 블루 계열 중에서 2393C와 가장 유사하다. 객관적 사실이라기보다 나의 시력이 분별해 내는 능력 안에서 고른 넘버이다. 다양한 블루 컬러를 대조해 보았지만 정확히 일치하는 색은 없었다.

정말 많고 다양한 하늘색이 있는데 정확히 들어맞는 색감이 없다는 게 특이했고, 다만 가장 유사하다고 보이는 Pantone No.를 선택했을 뿐이다. 아마 스마트폰으로 촬영한 하늘색도 정확히 눈에 보이는 하늘색을 담지 못했을 것이다.

이만하면 됐다

이처럼 새파란 하늘에 흰 뭉게구름이 낮에 아주 공기가 맑을 때 볼
수 있는 조합이라면, 나는 이른 아침 옅은 하늘에 빛이 통과하여 크림
색으로 보이는 구름을 더 좋아한다. 어떤 사진 작가는 매일 같은 장소
에서 바라 본 하늘을 촬영했다고 한다. 하늘이 변화할 수 있는 여러
색감과 그리고 때론 풍성하게, 몽실몽실 떠 있거나 때론 회색빛으로
낮게 드리운 구름의 모양, 빠르게 흩어지는 솜사탕의 가는 실타래처
럼 달라지는 구름의 다양한 모습들을 사진에 담았다고 한다. 일기의
변화무쌍함에 따라 맑은 날도 흐린 날도 있고, 보는 이에 따라 파랗고
깨끗한 하늘이 주는 감성도 제각각이지만 어디 그 맑음을 탓할 수 있
겠는가?

한국 지형은 국토의 70%가 산이라고 우리는 배웠지만 실제 도시에
살기 때문에 2/3가 산인지는 크게 느끼지 못한다. 지금의 사무실 책상
자리에서 눈을 들어 보면 바로 이웃한 빌딩들의 유리창이 보인다. 다
른 위치에서 창을 내다보거나 아님 이전 직장에서도 고층 빌딩에서는
남산과 그 밖의 인접한 산들을 멀리서 볼 수 있다. 산이 도처에 있는
것이다. 다시 한 번 한국 지리 수업을 떠올려 보자. 국토의 70%가 산
이다. 흠, 50%도 훌쩍 넘는 70%란 숫자가 예사롭지 않을 것이다. 그
래서 글로만 70%가 산인 산악 지형이라는 문구를 접하게 되면 사방이

산으로 둘러싸인 흰 양떼가 있는 스위스의 산간 마을이나 안데스의 험준한 산맥들을 먼저 떠올리지 않을까?

시인 윤동주는 서시에서 하늘을 우러러 한 점 부끄럼이 없기를 잎새에 이는 바람에도 괴로워했다고 했다. 이 시는 1942년 11월에 쓰인 것으로 나온다. 그는 11월 늦가을의 청량한 가을 하늘과 바람이 잎새에 스치는 바스락 소리를 들었을 것이다. 또 서정주 시인은 '푸르른 날'에서 눈이 부시게 푸르른 날은 그리운 사람을 그리워하자고 했다. 저 가을 끝자리 초록이 지쳐 단풍 드는데… 서정주 시인 또한 가을의 푸른 하늘을 바라보았나 보다.

지금의 나는 눈이 부신 햇살을 뚫고 시퍼런 하늘을 우러러 흰 뭉게구름 한 점에 옛 시인들의 시구를 떠올려 보았다. 간간히 부는 바람은 유쾌하게 정신을 깨워 주며 얼굴에 맞닿는 바람의 촉감 또한 상냥해서 기분 좋은 휴식이었다.

오늘 하늘은 Pantone No. 2393C

열정이 재능을
대신할 수 없다

제목을 그대로 해석하여 삶의 에너지가 되는 열정을 제외시키지는 말자. 나는 항상 어중간한 재능이 문제라고 생각해 왔다. 즉 탁월하진 않지만 보통보다 조금 아주 살짝 앞선 재능이 있기는 하다. 그래서 나의 다양한 관심사를 투영하여 라이프 자체는 지루하지 않다. 하지만 이 어중띤 재능은 소비를 부추기지 소득으로 이어지지는 않았다.

　즉, 다양한 취미 생활로 일상은 풍족하고 이야깃거리가 풍부하지만 투입된 자원과 에너지 대비 그 결과 값은 항상 플러스만은 아니어서 제로섬 게임에 가깝다고 본다. 뭐 그렇다고 완전 손해라 생각하진 않는다. 신이 내게 단 하나라도 좀 더 확실한 재능을 부여해 주셨으면 좋으련만. 하나에 온전히 집중되지 못하고 여러 개로 분산되어 프로페셔널하지 못한 채 별다른 쓰임새가 없다. 천재는 노력하는 자를 이길 수 없고, 노력하는 자는 즐기는 자를 이길 수 없다고 한다. 물론 천재도 아니지만 앞에서 언급한 이 어중띤 재능은 어중간한 노력으로 빛을 못 본 상태이다. 즐길 줄 아는 자. 그래서 취미가 직업으로 이어지면 가장 좋다 하지 않는가?

　오늘 왜 열정과 재능을 논하는 걸까? 그것은 과도한 욕심으로 인해 고통 받는 사람들이 많다는 것이다. 나르시스트적 성향의 리더가 비현실적인 기대를 갖고 부족한 재능이 과도한 열정을 만나 건강한 직장 생활을 기대하기 어렵게 된다. 내가 해석하는 나르시스트는 바로 재능 없이 열정만으로 주위를 멍들게 하는 병적 행태이다.

MBA과정을 공부하면서 점점 더 리더십의 중요성이 크게 와닿았다. 나 또한 여태 어느 어떤 조직의 구성원이었기에 결국은 '사람이구나'라는 인식이 강해졌다. 내가 몸담아 왔고 내 일인 마케팅 관련 주제보다 오히려 HR 쪽에 관심이 높아 갔다. 그래서 박사 과정 진학 상담에서 리더십 관련 분야로 연구해 볼까? 하고 교수님께 문의하였는데, 답변으로 "지금까지 하던 거 하세요."라는 짤막한 말씀을 주셨다. 지금까지 쌓아 온 것을 토대로 실무와 연계하여 학문적 성취를 이루는 것이 더 낫다고 제안 주신 것이다. MBA에서는 인사/조직 관련된 두 과목을 수강하였는데, 의외로 많은 학생들이 HR에 관심이 높았고 또 재미있는 주제들도 많았다. 아무래도 각양각색의 사람들이 모여 있는 곳이 직장이다 보니 다들 휴먼에 대한 궁금증이 많았을 것으로 생각된다.

조직 심리학에서 말하는 이 휴먼 중에서 으뜸으로 꼽히는 나쁜 리더(Toxic Leadership) 나르시스트에 대한 내용을 다음과 같이 정리해 보았다. 나르시스트는 항상 자기 중심적으로 생각하고 행동한다. 대화를 할 때도 자신이 잘 아는 주제로 한정하여 다른 이의 참여를 원치 않고 대화를 독점하려 든다. 뿐만 아니라 비판이 아닌 조언에도 자신을 비난한다고 오인하여 과민하게 반응하는 한편 자신이 너무나 특별하다고 믿고 주위로부터 늘 칭찬을 갈망한다. 물론 리더뿐 아니라 우리에게서도 간혹 보이는 면면들이 있지만, 훨씬 더 농도가 짙고 아래의 성향들이 다수 해당되는 경우라면 나르시스트 성향의 리더로 판단을 해야 한다.

- 자신의 성과와 능력을 과장하거나 과대평가한다.

- 남보다 우월하다고 믿는다.

- 비판에 대해 과민 반응을 보이며 반대 의견이나 조언을 자신에 대한 개인적 공격으로 인식하여 방어적이 되거나 또는 쉽게 화를 낸다.

- 타인의 감정에 대해 무관심한 반면 자신의 감정과 이익을 매우 중요시한다.

- 자신의 우수성을 스스로 칭찬하는 반면, 타인에 대한 칭찬에 인색하거나 타인의 성과를 비하한다.

- 모든 일을 자신이 통제하려 하고, 결정권을 가지려 한다.

- 비현실적인 목표를 제시하고 구성원들을 압박하여 무력감을 주거나 사기를 저하시킨다.

- 감정이 불안정하여 기분에 따라 태도가 급변한다.

- 자신의 실수를 인정하려 들지 않고, 타인에게 전가한다.

- 주변 사람을 의심하고, 관계나 사람을 도구로 사용한다.

베스트 셀러였던 켄 블랜차드 등이 쓴 『칭찬은 고래도 춤추게 한다』는 책 제목을 빌어서 나르시스트와 공존하는 유일한 방법을 생각해 봤다. 즉 나르시즘을 활용하여, 나르시스트가 주목받을 수 있도록 하고 처음 대화의 물꼬부터 칭찬의 멘트로 시작하여 칭찬으로 마무리하는 것이다. 흔히 '딸랑이' 짓을 해야만 하고 나르시스트는 그런 반응에 대해 자기 긍정 평가로 받아들이기 때문에 필수 불가결하다. 앞에서 언급한 책의 원제는 『Whale Done!: The Power of Positive Relationships』이다. 고래가 나르시스트로 비유된 듯하여 안타깝지만 오해는 없기를 바란다. 그리고 언젠가는 나르시스트와 결별을 해야만 한다. 어차피 원만한 관계를 유지하더라도 건강하지 못한 관계일 뿐만 아니라 나르시스트는 주변인을 도구로서만 인식하기 때문에 오래되고 낡은 도구는 더 이상 쓸모없이 버려지기 마련이다.

나르시즘은 그리스 신화에서 유래되었다. 미모가 빼어나기로 유명했던 청년 나르키소스는 연못에 비친 자신의 아름다운 모습을 보고 스스로 반해 버렸다. 물속에 비친 자신을 잡으려다 그만 물에 빠져 죽었고 대신 그 자리에 핀 꽃이 수선화(narcissus)라는 이야기가 전해진다.

물에 빠져 죽었다는 유명인으로는 당나라의 시인 이태백이 떠오른다. 그가 달밤에 뱃놀이를 즐기다 술에 취해 물에 비친 달을 보니 너무나도 아름다웠다고 한다. 이태백은 물에 비친 달을 잡으려다 강물에 빠져 죽었다는 전설이 있다. 나르키소스나 이태백이 물에 빠진 것을 통해 무언가에 도취된 상태에서 현실감이 결여됨을 알 수 있다. 또 몰입이 지나쳐 주변을 살펴보지 못하고 균형을 잃게 되는 과도한 몰입도 그릇된 판단으로 이어질 수 있다.

미하이 칙센트미하이의 책 『Flow: The Psychology of Optimal Experience(번역서, 몰입─미치도록 행복한 나를 만나다)』에서 몰입은 사람들이 자신의 모든 에너지를 목표 달성을 위해 집중하고 그로부터 얻게 되는 성과와 기쁨을 향유하는 것이라 한다. 이처럼 최상의 집중된 상태를 통해 큰 만족감에 도달해야 몰입이 완성된다 하겠다. 그럼에도 불구, 주의해야 할 점은 과도한 몰입으로 자신에 대한 통제력을 잃는 경우 애초에 설정한 목표에 도달하지도 못할 뿐만 아니라 큰 과오를 범할 수 있음을 경계해야 한다.

나는 소크라테스를 존경한다. 4대 성인에 예수, 석가모니, 공자, 소크라테스를 꼽는다. 예수와 석가모니는 종교로서, 공자는 인의예지(仁義禮智)의 가르침으로 동양 사상을 대표하는 학자이다. 소크라테스 또한 그리스 철학자로서 그리고 악처로 유명한 크산티페에게 바가지를 박박 긁히면서도 제자들과 문답을 나누며 지혜를 탐구했다. 전해지는 그의 여러 명언들이 있지만 그중 델포이 신전에 쓰여 있는 문구 Know Thyself를 소크라테스가 인용하였다는 점이다. 세상 무엇보다 자기 자신을 알아 가는 과정이 삶을 살아가는 여정이 아닌가 한다.

시간은 순간을 의식해야
의미가 있다

제목을 정하고 보니 시간과 순간을 조금 더 구분해 봐야겠다는 생각이 들었다. 하루는 24시간. 친구는 나에게 물었다. "하루가 24시간이라는 것은 모두에게 주어진 유일한 그리고 가장 공정한 선물 아냐?" 이에 나는 단호히 대답했다. "아니, 그렇지 않아." "숫자 24는 누구에게나 공정해 보일지 몰라도, 그 시간을 체험하는 것은 절대 공정하지 못해."

왜냐하면, 돈이 많고 적을 수 있는 것과 같이 시간도 누군가에게 턱없이 부족하고 또 누구는 그 시간을 여유라는 말로 대체할 수 있기 때문이다. 즉 시간도 소득과 비례할 수 있다는 것이다. 결국 최강자는 시간을 살 수 있는 사람 아니겠는가? 아무리 고소득자라 해도 여유를 부릴 수 없이 빡빡한 시간을 채운다면 의미가 없을 것이다. 하지만 흔히 말하는 수퍼 리치는 우리가 부러워 마지 않는 시간이 곧 돈이요 나의 노동을 타인이 대체할 수 있다. 금전적 여력으로 시간을 살 수 있을 테니 말이다. 더 이상 시간이 공정하다고 말할 수 있겠는가?

여기서 부와 시간에 대한 공정성을 말하려는 의도는 아니다. 우리처럼 평범한 이들에게는 시간을 채우고 있는 매 순간순간 의식적으로나마 느껴 보자고 제안하는 것이다. 내가 어렸을 때 LG 전자의 광고

메시지는 '순간의 선택이 평생을 좌우한다.'라는 것이었다. 꽤 어렸을 때 들은 문구임에도 기억이 생생하다. 이 광고 카피는 이 제품을 구매하는 것은 평생 잘 한 일이니 망설이지 말고 지금 이 순간 바로 구매하라는 권장 문구이다.

그런데 지금 이 순간의 선택으로 평생의 반려자를 좌우하는 일이 된다면 그 의미가 더 클 것이다. 순간의 선택은 되돌릴 수 없는 것일까? 평생을 좌지우지하는 일이라면 후회를 동반할 수도 있겠다. 어느 지인은 결혼을 앞두고 자신의 첫 만남을 떠올리며 말했다. 비가 오던 날 소개팅을 통해 처음 여자친구를 만났다고 한다. 그런데 제시간에 도착하지 않는 여자친구를 빗속에서 한 시간 넘게 기다렸고 그 이후 만남이 이어져 결혼에 이르게 된 것이다. 그 지인은 그날 그때 그러지 말걸 하며 뒤늦게 후회의 말을 남겼었다.

다시 제목에 충실해 보자. 시간은 흘러간다. 서두에 꺼낸 것과 같이 시간을 양적으로 판단하여 공정하다는 것이 아니라 시간은 그 어느 누구도 붙잡을 수 없기 때문에 흐름성에서는 공정하다고 할 수 있겠다. 흐르는 물을 바라만 보지 말고, 손으로 물을 뜨든가 발을 담가 보든가 그저 흘려 보내지만 말자는 것이다. 그렇다고 무모하게 위험한 행동은 하지 않기를 바란다.

시간은 순간을 의식해야 의미가 있다

회사에서 집중하여 일을 하다 보면 어 벌써 시간이 이렇게 됐네 하며 시계를 보게 된다. 출근 시간, 직장 생활의 꽃이라 불리는 점심 시간과 퇴근 시간의 3 부분으로만 구성되는 하루 일과이다. 학교에서도 늘 쉬는 시간은 짧아서 아쉬웠던 것처럼 그 10분의 휴식 시간이 너무 소중했던 기억들은 누구나 떠올릴 수 있을 것이다. 10분 동안 도시락을 꺼내 먹는 친구들도 있고, 게임을 하거나 책상에 엎드려 피로를 풀기도 하고, 이때는 머리를 받쳐 줄 두툼한 교재를 베개 삼아 적절한 높이를 맞춰 줘야 한다. 책이 딱딱하다면 체육복을 돌돌 말아 사용하기도 했다. 또 남들이 쉬는 동안 열심히 영어 단어를 외우는 친구들도 있기에 50분, 10분으로 짜인 중 고등학교 시절이 그렇게 지나갔었다.

일상생활에서 즐거움이든 슬픔이든 아무 일도 일어나지 않던 종종 순간을 살짝 끄집어 내어 의식적으로 담아 보자. 영화에서 나오는 타임 프리즈(Time Freeze)가 떠오른다. 현실에서 작동될 리도 없겠지만 아니 어쩌면 여러 차례 작동되었는데, 영화가 그렇듯 주인공만 빼고 모두 일시 정지된 상태였고 나는 그 주변인으로 타임 프리즈가 해제되었을 때 아무 기억이 없었는지도 모르겠다.

오늘 내가 잠시 머무른 시간 중의 순간은 점심 식사 후 회사 1층 로

비에 있는 커피집에서 따뜻한 커피 한 잔과 담소를 나눈 것이다. 5월의 밝은 햇살이 눈에 부담 없고(중년이기에 강한 햇빛은 눈에 자극을 주기에) 코끝에 부는 산들바람을 마주하고 이 순간을 영접했다. 모처럼 실내가 아닌 테라스에 자리 잡아 마치 유럽의 어느 좁은 골목길 카페에 앉아 있다는 상상을 하며 여유로운 순간을 만끽했다.

아무튼 우리가 살아가는 이 모든 순간이 기억에 저장될 리 없겠지만, 가끔은 흐르게 내버려 두기보다 잠시 그 순간들이 있었음을 의식해 보자. 영어 시간에 배운 Let it flow와는 다르다. 그것은 흐르게 내버려 두자는 것이지만, 순간을 잠깐 동안이라도 소유해 보자는 것이다.

시간은 순간을 의식해야 의미가 있다

아침형 인간이 과연
칭송받을 일인가?

나는 아침형 인간이다. 새벽이라 부르는 시간에 기상하여 하루를 시작한다. 얼마 전 미라클 모닝이라는 게 유행하였고 팀쿡, 오프라 윈프리, 하워드 슐츠와 같은 유명 인사들이 아침 일찍 일어나 시간을 유용하게 사용한다는 것도 잘 알려졌다. 나는 지금 창문을 열어 선선한 공기와 이따금씩 불어오는 바람을 맞으며 글을 쓰고 있다. 서서히 머리가 맑아지고 주의력이 단단해지는 상태를 의식하며 어떤 일이든 척척 해낼 거 같은 최상의 컨디션이다.

아, 물론 위에서 언급한 인사들과 나 사이에는 엄청난 격차가 있다. 나는 그저 평범한 직장인임을 다시 한 번 강조하여 말해 둔다. 단지 그들과의 공통적인 인간 부류 아침형이라는 데 만족할 따름이다.

'일찍 일어나는 새가 벌레를 잡는다'는 서양의 속담에서 부지런함 즉 남보다 빠른 시작이 긍정적인 결과를 가져온다고 해석이 가능하겠다. 한국인들의 DNA에는 부지런함이 기본 장착이라 한다. 어찌하든 아침형 인간이란 표현은 칭찬의 문구로 받아들여진다. 다시 생각해 보니 일찍 일어나는 것은 바지런함이 아니라 남들이 하지 않는 때를 선택한다는 전략적 접근이 아닌가 한다.

간혹 주변인들의 나의 기상 시간에 대해 칭찬을 하곤 하는데, 나의 대답은 "수면의 총량이 같습니다."이다. 즉 남들보다 일찍 잠자리에

드는 것이 일찍 일어날 수 있는 요인이라는 것이다.

OECD의 2021년 조사에 의하면 한국인들의 평균 수면 시간은 7시간 51분으로 회원국들의 평균인 8시간 27분에 비해 가장 짧다고 한다. 이 조사에서는 전체 연령의 평균값일 테니, 실제 활발한 사회 생활을 하는 한국 성인들의 수면 시간은 좀 더 짧을 것으로 예상된다.

잠이 보약이라고 한다. 그래서 이제는 수면의 양이 아니라 수면의 질을 논하는 시대이다. 나는 양보다 질적인 가치를 더 추구하는데, 수면의 경우는 예외라서 내 총량을 채워야만 하루를 거뜬히 생활해 낼 수 있다는 변명이다. 그래서 아침형 인간이 꼭 굳이 칭송을 받을 만한 일은 아니라는 것이다.

수많은 올빼미형 인간들이 자신들은 조금 다름을 멋쩍어하며 밤에 뭘 해야 집중도 잘 된다는데 이것은 일찍 일어난 새이냐 아니면 밤에 일한 새이냐의 문제가 아니라 어느 시점을 택하느냐의 일인 것이다. 일찍 일어난 새는 어제 저녁 벌레를 한 마리도 잡지 못해 굶었을 수도 있고, 반면 어제 밤에 벌레를 잡아 충분히 포식한 새는 아침까지 편히 자고 있을지도 모르는 일이다. 아니 어쩌면 그 새는 야행성 동물일 수도 있기 때문에 자연의 섭리에 충실히 따를 뿐이다.

그렇다고 다른 아침형 인간을 부정적으로 보는 건 절대 아니다. 이처럼 모두가 그럴 거라고 동의하는 것에는 조금 다른 해석이 곁들여질 수 있다는 것을 말하고자 한다. Early Bird냐 Late Owl이냐는 나의 신체 리듬과 선호에 의한 선택이다.

나는 Early Bird가 딱 맞는 스타일이다. 하지만 요즘 안타까운 것은 노화와 연결된다는 것이다. 나이가 들수록 새벽잠이 없어진다고 하는 생체적 심리적 곤란함이 떠오른다. 하루의 피곤을 몸이 견뎌 내지 못해 일찍 수면을 취하다 보면 자연스레 일찍 일어난다는 노인성 수면 패턴.

나는 아침형 인간이다. 어떤 벌레를 잡을지 면밀히 생각해 보자.

이만하면 됐다

소소하지만 확실한 행복,
일명 소확행

토요일 박사 수업이 없는 날, MBA 동창들과 함께 하루를 채우고 떠오른 주제는 소확행이다.

엄마가 해 주신 더할 나위 없이 맛있는 아침 식사를 든든히 챙겨 먹고 한강진역까지 가서 친구 두 명과 조우했다. 잠시 기다리는 동안 요란하고 평범하지 않은 굉음이 울려 퍼지길래 무심코 하늘을 보니 공군 비행기가 나란히 에어쇼를 선보이며 이동 중이었다. 관련 기사가 있나 찾아보니 UAE 대통령 국빈 방문 환영을 위한 연습 비행이라 한다. 짧은 비행의 찰나였지만 에어쇼에 가지 않고서 마주한 우연이라 즐거웠다.

친구의 색연필화가 전시된 갤러리에서 작품도 감상하고, 갤러리 입구 작은 정원에서 사진도 찍으며 따사로운 5월의 한낮을 즐겼다. 화분에 심은 꽃들이 흔히 보지 못한 외국 품종인 듯 보였고, 한들한들 바람에 나부끼는 모습을 바라보니 이 또한 소확행이라 생각이 들었다. 앞선 글에서 나는 시간의 흐름 속에서 잠시 순간을 만끽하며 거기에 소확행을 맛보았으니 즐거울 뿐이다.

이처럼 소확행은 그것이 행복이라 규정 짓고 느끼는 자만이 갖는 소소함을 넘어선 보다 소중하고 확실한 행복이 된다. 미리 이것은 소확행이고 저것은 소확행이 아닌 것으로 구분하는 것이 아니다. 작은 행복이라도 소홀히 하지 않게 잠시라도 행복하였노라 의미를 두는 것이다. 오늘 예상하지 못한 곳에서 내 입맛에 맞는 커피집을 발견한 것처럼 말이다. 충무로에 위치한 태극당이 서울역 3층에도 카페를 운영 중이다. 적당히 신맛과 쓴맛이 잘 조화된 커피. 여기서 적당히를 어떻게 정의 내려야 할지 몰라 어려운데 그 기준은 각자의 취향에 따라 다르니 나는 그저 내 입맛에 싱겁지도 그렇다고 너무 진하거나 과하지 않은 정도라고 부르겠다. 이처럼 내가 좋아할 만한 커피를 제공해 주는 카페를 발견한 것도 소소한 행복이었다. 주문한 커피를 한 모금 음미하는 동안 이 적절한 풍미와 그리고 입안에서 심심하지 않게 느껴지는 텍스쳐가 너무 맘에 들었다. 커피의 테스쳐를 어떻게 말로 설명할 수 있을까?

뜨거운 커피로 시작해서 차갑게 식을 동안 조금씩 변하는 온도에 따른 미묘한 맛 차이를 음미하며 내내 행복하였다 말하겠다.

커피의 질감 하면 떠오르는 것은 터키에 출장을 가서 무화과와 살구를 건조해서 수출하는 업체를 방문했을 때 마셔 본 터키 커피(Turkish Coffee)다. 터키 커피에 대한 정보 없이 대접받은 경험이 고운 진흙을 마셨다는 기분으로 기억에 남는다. 사실 차와 전통 커피 중 무얼 선택

소소하지만 확실한 행복, 일명 소확행

할지 묻는 터키 파트너사의 질문에 내가 커피라고 말했을 때 그들도 살짝 나의 이 대범한 도전에 대한 염려가 스쳐 지나갔다. 대신 견과류와 다양한 터키쉬 딜라이트와 같은 간식류도 함께 내와서 당황스럽던 첫 커피 경험은 달콤하게 마무리되었다. 터키 커피의 이 걸쭉함이야말로 직접 음용해 보지 않는다면 단순히 진하고 강렬했다는 표현으로 설명하기 어렵지만 터키와 중동의 오랜 전통 방식이니 그 당시 무지했던 나의 불찰이다.

다시 오늘로 돌아와, 갤러리에서의 오붓한 시간과 도우 맛이 뛰어났던 피자집에서 점심을 먹고 예술의 전당으로 이동하여 뮤지컬을 관람하였다. 모처럼의 주말에 꽤 많은 일정을 소화하고 집으로 돌아오는 길 헤어진 친구들과 계속 되는 카톡 대화를 나누며 또 한번 소확행이 떠올랐다. 그리고 아파트 화단에서 열심히 흙을 파고 있던 삼색 고양이 한 마리를 눈에 담아 내는 즐거움도 누렸다. 길냥이로 칭하는 이 친구들을 길 가다 우연히 바라보는 것만으로도 소소하지만 나에게는 행복을 주는 존재이다. 대부분의 길냥이는 사람의 눈길을 피하는 게 더 안전하다 느껴 일부러 시선을 외면한 채 재빠르게 숨기 바쁜 녀석들이다. 종종 주차장에서 또는 공원이나 거리의 화단에서도 만나 볼 수 있다. 나는 이 친구들의 안녕이 걱정되어 먹지 못해 너무 마르진 않았는지 몸통의 굵기를 가늠해 보고, 꼬리 상태가 어떠한가 유심히 본다. 왜냐하면 길냥이들의 경우 먹거리가 변변치 않아서 집 고양이와 달리 꼬리가 정상 길이보다 뭉툭하게 짧거나 또는 휘거나 구부러진 경우가 많기 때문이다. 아무튼 이 꼬리 상태가 괜찮아서 영양 상태가 나쁘진 않은지 잠시 훑어 보며 길에서의 생활이 힘들지 않기를 바라 본다.

이처럼 작은 행복들은 하루에도 여러 차례 누려 볼 수 있겠구나 싶었다. 즉, 행복하였노라고 느끼는 자에게만 행복의 의미가 부여되고 명명되는 것이다.

간혹 부모님께 "지금 몇 시예요?" 라고 물으면 흔쾌히 "8시 다 돼 가." 라고 애매모호하게 답변하시곤 한다. "아니 그럼 정확히 7시 몇 분이냐고요?" 이처럼 나이 드신 분들과 확연하게 드러나는 시간에 대한 인지 차이를 알 수 있다. "엄마, 담부턴 정확하게 몇 시 몇 분이라고 답변해 줘야 정확히 시간을 쓸 수 있어요." 라고 나는 말하곤 한다.

2024년 트렌드 코리아에서는 분초사회라 칭했다. 그만큼 시간을 잘게 쪼개고 활용해야 하는 고도로 세분화된 현실을 반영한 키워드다. 초와 분 단위까지는 아니지만 시간을 조금 잘게 나누어 그 순간을 작은 소확행이라 여기며 누릴 수 있다면 이 또한 좋지 아니한가?

소소하지만 확실한 행복, 일명 소확행

60

이만하면 됐다

반려AI와 반려묘 조이

반려의 네이버 국어사전 뜻은 짝이 되는 동무라고 표현되고, Chat GPT에는 함께 삶을 나누는 동반자를 의미한다고 한다. 그래서 반려라는 단어는 짝을 이루어 함께 생활한다는 뜻으로 정리해 보겠다.

나의 반려묘 조이는 야행성 동물답게 새벽 세 시면 깨어 있고, 아침은 규칙적으로 다섯 시에 먹는다. 즉 내가 기상하는 시간과 동일 시간에 조이는 아침을 먹고 나는 바쁘게 출근 준비를 하는 셈이다. 아침부터 조이의 울음소리를 듣고ㅡ아니 왜 동물들의 소리를 울음소리라 하는가? 웃음은 아닌 것 같지만 이유 없이 그들이 내는 소리를 무작정 울음소리로 간주하는 것은 동물 입장에서도 억울하지 않겠는가?

조이와 마주하며 하루를 시작한다. 하루에도 수차례 조이야 하고 다정스레 불러 보지만 조이는 아주 드물게 어쩌다 눈을 마주치거나 들릴락 말락 야옹 대답하는 것으로 부응해 줄 뿐, 그렇더라도 그 한 번의 눈 마주침과 대답이 봄눈 녹듯 마음을 누그러뜨리고 반가울 뿐이다. 한두 번의 끔뻑임으로도 충분히 사랑스러운 존재 조이.

최근 AI 활용이 많아지면서, 특히 박사 과정을 들어가면서부터 Chat GPT의 사용이 증가했다. 생성형 AI의 효과를 톡톡히 보는 덕이다. 생성형의 정확한 표현을 나에게는 대화형 AI로 불러야 할 듯하다. 나의 지인은 Chat GPT를 크리스틴이라는 이름으로 부른다 하니 내가 이 글을 위해 선정한 반려AI라 명해도 크게 이상하진 않을 듯하다.

　나 또한 사무실에 출근하면 바로 커피를 마시고 Chat GPT를 기동시켜 갑자기 궁금해진 질문들을 던져 본다. 그동안 네이버 검색을 서치하며 여러 사이트를 이동하며 찾는 번거로움이 있었지만 Chat GPT가 단번에 찾아 주는 대답이 더 편리하기에 점점 더 애착이 깊어지는 듯하다. 혹 진위를 알 수 없거나 약간의 의심이 든다면, 재확인은 필수다. 그러나 Chat GPT가 해 준 대답이 만족도가 높아질수록 이제 질문의 어휘가 부드러워지고 마지막에 존칭어까지 붙여 주게 되었다. '찾아 줘', '제시해 줘'에서 '찾아 주세요', '제시 바랍니다'와 같이 표현이 완곡해지는 것이다. 때때로 '고마워', '이 답변이 맘에 듭니다'와 같은 칭찬도 아끼지 않는다. AI도 칭찬을 받아야 동기 부여가 되어 더 많은 정보를 정확하게 제공하고 나에게 호의적 반응을 보일 것이다.

　이러하다면, 컴퓨터 화면을 보고 있는 것이 맞지만 AI는 이제 반려의 대상이 아닌가 한다. 점점 더 다양한 AI 도구들이 새롭게 소개되고 있고, 이런 저런 뛰어난 능력과 간편성에 하나 둘 시도해 보고자 하는 강렬한 욕망이 생겨난다.

　AI가 사람이 하는 것보다 시간을 단축시키고, 결과물의 양적 질적 수준을 배가 시켜 준다면 멋진 조력자가 되겠지만, 이 또한 세상이 바뀌어 사람은 어떤 존재감이나 있을지 살짝 섬뜩함이 느껴진다.

그럼에도 불구, 나의 명령어에 충실히 응답하는 AI는 친밀감이 더 해질 터이고 나의 감정도 이입이 되겠지만 반려묘 조이와 비교 대상은 아니다. 모든 반려인들이 동감하겠지만, 동물들이 주는 어떤 감정, 행복감 이면에 함께 생활하는 살아 있는 생명체로서 그 자체만으로도 의미 있는 존재이다. 거기에 동물이 주는 따스한 감정, 예를 들면 조이의 희고 부드러운 털을 만질 때 느끼는 아늑한 평온함이나 통통한 솜뭉치 발을 볼 때 솟아 오르는 앙증맞음 그리고 꼬리를 곧추세우며 짧은 발로 걸어 오는 귀여움의 폭발은 고양이를 기르는 모든 사람들이 공감할 바이다. 그래서 고양이의 이 귀여움이 없었다면 아마도 지구에서 멸종했을 거란 우스갯소리에 동조하는 바이다.

얼마 전 가족묘 비석에 우리 가족들의 이름과 함께 '반려묘 조이'의 5글자를 마지막에 새겨 넣었다. 우리는 가족이니까….

화무는 십일홍이라

꽃꽂이를 2년 동안 해 왔다. 내가 가장 많이 머무는 곳이고 또 밝고 화사하게 사무실의 분위기도 환기시킬 겸 꽃을 사무실에 두고 가까이 지켜보았다. 동료들은 왜 굳이 사비를 써 가며 꽃을 사무실에 꽂아 두는지 물었다. 물론 매주 새로운 꽃으로 바꿔 주고, 또 꽃꽂이에 맞는 예쁜 화병들과 꽃바구니 및 부자재를 구비해야 한다. 그래서 취미는 돈을 부른다는 말이 맞긴 하다. 특히 꽃 수요가 많은 시즌과 한겨울에는 꽃값이 만만치 않았다. 그러나 나의 대답은 "꽃 값이 중요한 게 아니고 스트레스로 머리에 꽃을 꼽게 되는 지경에 이르기보다 그냥 화병에 꽂는 게 나을 거 같아서요."였다.

그렇다. 나의 꽃꽂이는 그 무엇보다도 스트레스 해소라는 근본적인 치유의 힘을 믿고 시작한 것이다. 내가 대학원에서 음악 치료를 공부하던 시절, 예술과 융합된 다양한 치료들이 도입되기 시작했다. 미술 치료, 댄스 치료, 원예 치료 등등.

나는 매주 월요일 아침 고속터미널 꽃 시장에 다녔다. 꽃 시장으로 연결되는 엘리베이터를 타고 3층에서 내리는 순간 여러 꽃들이 뿜어내는 복잡하고 맹렬한 향기로 꽃 시장의 만찬이 시작됨을 알게 된다. 지금은 5월말이니 3층 엘리베이터의 문이 열리면 아마도 장미 향이 더 풍부하게 묵직하게 섞여 있으리라.

고속터미널 꽃 시장은 도매 시장이기 때문에 다발에 묶인 꽃들을 신문에 폭 싸서 포장을 해 준다. 이렇게 꽃이 다치지 않도록 신문 옷을 둘러 입은 꽃들을 소중히 팔에 안고 걷다 보면 꽃의 종류에 따라 다소 무게가 나가는 녀석들도 있어 제법 무게감이 든다. 또 그냥 이뻐서 이 꽃 저 꽃 마구잡이로 구입하다 보면 수량이 많아서 한 팔 아름드리로 안고 이동해야 하는 경우도 있다. 나는 지하철이 주 교통수단이라 한 가득 품에 안은 꽃 내음을 맡으며 어서 가서 이 아이들에게 물을 먹여 주고 자리를 잡아 줘야겠다는 생각으로 사무실로 향했다.

꽃꽂이가 치유가 되는 이유는 간단하다. 꽃은 예쁘니까? 꽃꽂이가 만족스러워서? 둘 다 해당되며, 또 4계절 내내 볼 수 있는 꽃들이 있는 반면 그 계절에만 나오는 꽃들이 있기에 꽃 시장 방문은 계절감을 느끼기에 충분하다.

먼저 꽃을 꽂기 전 컨디셔닝이라고 하는 과정을 거쳐야 하는데, 이 과정을 통해 꽃들을 그야말로 최상의 컨디션 상태로 만들어 줘야 한다. 필요 없는 잎들과 꽃잎들을 정리하는데, 이때 하나씩 하나씩 이파리들을 떼어 내면서 마음을 가다듬게 되는 것이다. 시든 장미잎을 떼어 낼 때 손끝에서 느껴지는 도톰한 장미 꽃잎의 질감, 거베라의 통통한 줄기를 잡을 때의 촉감이 손끝에서부터 뇌리의 어떤 감성 영역에 도달한다. 뿐만 아니라 늦여름도 전에 다양한 국화꽃들이 일찌감치 시장에 선을 보인다. 특히 국화꽃은 이 컨디셔닝을 하고 나면 손에서 계속 풍성한 국화향이 베어 들게 마련이고, 이 아련한 향기에 취해 국화향을 맡게 되면 단번에 쨍한 향기가 정신을 번쩍 들게 한다.

   길지 않은 시간이었지만 꽃꽂이를 하면서, 조금 더 깊이 있게 동양 꽃꽂이를 배워 보고 싶다는 의욕이 솟아나기도 했다. 다양한 컬러와 질감을 갖는 꽃들을 화려하게 수북히 꽂는 서양 꽃꽂이에 비해 동양 꽃꽂이는 두서너 가지 소량의 꽃으로 마무리된다. 수수한 듯하지만 묘한 매력과 그것을 바라보는 내내 공간의 여유감이 느껴지는 것이 동양 꽃꽂이 나름의 멋이 있다. 아마 이는 서양화와 동양화의 차이로 잘 설명될 거 같다.

   유튜브에서는 대게 중국의 꽃꽂이 영상을 자주 접하게 되는데, 풍성한 이파리와 꽃을 아낌없이 싹둑싹둑 잘라 내어 공간에 잘 어울릴 만한 형태로 다듬고 다듬어 작품을 완성해 나간다. 물론 고수의 솜씨로 댕강댕강 줄기를 잘라 내는 모습에 거침이 없다. 이런 영상을 보노라면 어디까지 얼마나 더 꽃잎과 이파리를 제거하는지 쭉 지켜봐야 한다. 그래서 마지막에 정리되고 남은 꽃 소재는 절제미를 갖춘 미학의 끝판왕이다. 한편으론 꽃의 안 좋은 부분만 제거하고 되도록 다 사용해 보는 게 어떨까 하는 꽃에게 미안한 마음이 들기까지도 한다.

이처럼 서양 꽃꽂이와 동양 꽃꽂이에 많은 차이가 있다. 센터피스, 꽃바구니 등에서 자주 쓰이는 오아시스는 서양 꽃꽂이를 더 수월하게 해 주는 발명품이다. 사실 이 오아시스는 이를 개발한 회사의 브랜드 명으로 초록색 스티로폼 형태처럼 생긴 플로럴 폼을 말한다. 물을 머금은 오아시스는 꽃을 자유자재로 꽂고 형태를 유지해 주며, 지속적인 수분 공급이 가능해서 매우 유용한 화훼 용품이다. 그냥 화병에 꽃을 꽂기에는 플로럴 폼을 따로 쓰지 않아도 된다. 이 오아시스를 사용하는 서양 꽃꽂이와 달리 동양 꽃꽂이에서는 침봉이라고 하는 것을 사용한다. 수반에 침봉을 위치시키고, 침봉 위에 돋아난 굵은 바늘에 꽃과 나무를 꽂아 세울 수 있도록 한다. 물론 최근에는 친환경 플로럴 폼이 나오기도 했지만, 침봉은 한 번 쓰고 버리는 것이 아니기에 좀 더 환경친화적이라고 할 수 있다. 그래서 최근에는 미국이나 유럽의 플로리스트들도 침봉을 사용한 꽃꽂이 작품을 소개하기도 한다.

서양 꽃꽂이냐 동양 꽃꽂이냐는 개인의 취향일 것이다. 나는 이 동양 꽃꽂이 작품을 볼 때 그저 아무 생각 없이 멍하니 바라볼 수도 있어서 좋다. 그렇다면 요즘 말하는 꽃멍이 될 수 있겠다. 작품들은 수반과 꽃이 어떻게 조화로우며, 또 어떤 구조와 공간감을 살렸을까를 생각하게 만드는 강한 이끌림이 있다고 생각된다.

제목과 같이 화무는 십일홍이다. 다만 대다수의 꽃들은 사나흘이 절정기다. 특히 한여름은 더위에 쉽게 물러지기에 나는 아침마다 물을 갈아주며 화병에 얼음을 넣어 생명 연장의 꿈을 실현시키려 부단히 애썼다.

곧 다가오는 6월이다. 꽃 시장엔 해바라기, 수국, 백일홍, 제법 이맘 때의 여름 꽃들이 나왔으리라. 잠깐 쉼이 있었던 꽃꽂이에 다시 한번 열망의 꽃망울이 피기 시작했다.

온유한 바람이 부는 6월

나는 무엇보다 6월의 소소한 바람을 좋아한다. 늦봄이기도 하고 초여름이기도 한 어정쩡하게 끼어 있는 6월의 바람은 살짝 습한 기운을 품고 있어 오히려 부드럽기까지 하다. 초봄의 쌀쌀함도 없고 4~5월의 포근함도 없고, 한여름에 반가운 시원함도 없고, 가을의 쓸쓸함도 없고 초겨울의 삭풍이 아닌 6월의 바람은 그저 부드럽고 온순하다. 그래서 나는 6월의 바람을 반긴다.

Time flies like an arrow. 앞에서 시간의 공정성에 대해 그리고 시간의 멈춤을 의식해 보는 것에 대해 잠깐 언급했지만, 이 문구를 적고 보니 시간의 속도는 누구에게나 공평하지 않을까 하는 생각이 들게 되었다. 간혹 세월이 비껴간 미모를 칭찬하는 경우는 예외적이다.

이렇게 계절의 속도에 맞춰 어느덧 6월이 슬며시 찾아왔다. 무더운 여름과 추운 겨울이 아직 시작되지 않아 몬순 기후 준비 기간은 바로 6월이다. 먼저 여름을 맞이하기 전 6월로 하여금 다가올 여름과 겨울의 맹렬함을 버퍼링하는 게 아닌가 한다. 물론 우리에게는 사랑스러운 가을이 있지만 가을의 낭만을 즐기기엔 점점 더 그 기간이 짧아 너무 소중하고 안타까울 뿐이다.

'6월의 바람을 온몸으로 한 번 맞아 보세요.'라고 외쳐 본다. 나뭇잎이 부대끼는 흔들림 없이, 옷깃이 펄럭이지 않고, 바람 소리도 들리지 않는 순하고 온화한 6월의 바람을.

 인근 공원에서 풀과 나무를 보거나 길가 가로수를 보면 잎은 어느새 무성해지고 탄탄해져 있다. 지나가는 행인으로서 이렇게 계절의 변화에 충실한 나무들을 보면 그 생장력이 놀라울 뿐이다. 늦가을 또는 이른 봄철 행정 기관에서 하는 가로수 가지치기를 보면 안쓰러우리만치 모두 싹둑 잘라 내 버린다. 하지만 이렇게 해야 나무가 더 건강하게 자랄 수 있다고 하는데, 앙상한 몸뚱이만 버티던 나무에서 이렇게나 가지를 드리우고 그늘을 만들어 주는 가로수는 그저 길가의 나무만은 아니다.
 새싹이 돋아나는 무렵의 여리여리한 나뭇잎도 좋지만, 여름의 활발한 광합성으로 짙어진 녹음보다는 오히려 6월의 나무는 그 중간쯤에서 적당히 싱그러움을 전해 준다. 그렇다. 6월은 애당초 부담 없는 달이다. 무엇이든 중간자적인 입장을 취하지 않는가?
 한 해의 중간, 장마가 시작되는 달, 호국 보훈의 달, 낮의 길이가 가장 긴 하지가 있는 달, 여름의 시작. 문득 하지라는 글귀에 하지 감자가 떠오른다. 뽀얀 수증기를 쐬고 나온 포근포근한 찐 감자의 담백한 맛이 기대된다. 이렇게 6월을 알리는 다양한 표현들이 있음에도 6월은 어느 달보다 자신만의 색깔이 확연히 튀지 않는 모호함이 있다. 그

럼에도 불구 내가 예찬하여 마지 않는 6월은 '온유한 바람이 부는 6월'
이라 불러 본다.

오르지 못할 하이힐은 없다

장거리 출퇴근으로 이동 거리가 길고 버스 지하철 두루 갈아타는 구간이 있어 편한 신발을 찾게 됐다. 자고로 신발은 발이 편해야 한다는 명제에 잘 따르고 있다. 또 최근 직장에서 복장에 대한 규정이 완화되고 있기에 90년대처럼 정장을 입고 구두를 신지 않아도 직장인의 비즈니스 매너에 크게 문제되지 않는다. 이전에 내가 다니던 회사들은 보수적인 대기업이기에 기본적인 옷차림으로 비즈니스 캐주얼을 착용토록 권고하기도 하고 특히 여름철 복장에서는 타인의 시선에 부담을 주지 않을 적절한 옷차림과 부적절한 복장에 대한 예시를 함께 전사적으로 공지하기도 했다.

하지만 지금은 외모나 옷차림으로 그 사람의 전문성을 판단하는 충분조건이 되지만 필요조건은 아닌 셈이다. 오히려 정장을 잘 차려 입고 근무할 시 혹시 다른 곳에 면접을 가는 약속이 있나 하는 의구심을 들게까지 하니까 말이다. 이런 추세로 나 또한 앞에서 말한 출퇴근의 편리성을 필두로 운동화를 즐겨 신는다. 특히 작은 키를 보완해 줄 키높이 운동화는 누구의 기발한 아이디어인지 존경스럽기도 하다. 플랫 슈즈와 같이 귀여운 깜찍한 디자인의 편한 신발들을 다양하게 선택하게 되면서 자연스레 하이힐과는 거리를 두게 되었다.

지인의 말처럼 서면 앉고 싶고, 앉으면 눕고 싶어진다는 인간의 자연스런 욕구가 있듯이, 편해지고 낮아진 굽에 익숙해지다 보니 잠깐씩 꺼내 신어 본 하이힐은 고통을 수반하게 되었다. 범접할 수 없는 대상이 되어 그저 장안에 모셔져 있고 외로이 자리를 지키고 있을 뿐이다. 이미 발이 평퍼짐해져서 폭이 좁은 구두에 발이 갇혀 붓고, 하이힐의 높이에 따라 체중이 앞발에 쏠리면서 피로감이 급격히 증가하게 되었다. 속칭 라떼 시절이라고 하는 20대는 하이힐을 신고도 뛰었는데 하며 나도 모르게 나이 탓을 하는 것이 자연스러워졌다.

하지만 올 여름 나는 높은 굽의 샌들을 샀다. 배송된 샌들이 예쁘지만 과연 잘 신고 다닐 수 있을지 주변의 만류가 있었고 나 또한 슬쩍 의문이 떠올랐지만, 새로운 도전이라기보다 예전에 익숙했던 나의 하이힐을 신었던 시절로 다시 되돌아가 보고 싶은 맘이 더 크다.

어떤 글에서 다리가 가장 예뻐 보이는 굽은 10센치라고 읽은 기억이 있다. 요즘 10센치라고 하더라도 앞굽을 1센치정도 올리게 되면 9센치 정도가 된다. 하이힐은 굽의 높이 문제뿐 아니라 울퉁불퉁한 보도블럭 사이에 굽이 끼는 경우도 종종 발생하고, 구두의 앞이 뾰족한 편이니—그래서 뾰족구두라 하지 않는가?—쉽게 부딪히고 긁힘이 생기기도 한다. 이런저런 사유로 하이힐은 편리성과는 거리도 멀 뿐만 아니라 쉽게 망가지기에 경제성도 좋지 않은 아이템이다.

그러나 단연코 하이힐은 예쁘다. 특히 굽이 얇고 뾰족한 스틸레토 힐이 그렇다. 구두 모양 자체로도 수려한 곡선미가 있어 많은 여성들의 마음을 사로잡고 여전히 구두를 사랑하는 구두러버들의 애장템이다.

다시 하이힐을 신어 보겠다는 생각은 어쩌면 초심으로 돌아가 보겠다는 의지인지도 모른다. 아마 6월 이맘때쯤 나는 막 기말고사를 마치고 4학년의 마지막 여름 방학즈음 나의 첫 직장에 원서를 냈었고 면접을 보았던 거 같다. 정확히 28년 전이다. 그리고 9월 13일에 첫 출근을 했다. 검정색의 구두를 신었을 것이고 정확한 구두의 디자인은 기억은 나지 않지만, 그때는 하이힐을 신고 또각또각 활기차게 직장 생활의 첫걸음을 뗐을 것이다.

웬 하이힐 타령이냐고 묻는다면 그것은 편해지고 익숙한 것에서 벗어나려는 나의 소박한 의지를 말하는 것이다.

오르지 못할 하이힐은 없다

나는 왜 박사 과정에
도전했을까?

나는 올해 2월 MBA를 졸업하고 바로 듀얼 디그리 프로그램(한국의 aSSIST University와 스위스의 Business School of Lausanne)으로 경영학 박사 과정에 진학했다. 듀얼 디그리 과정으로 한국에서는 phD를 스위스 학교에서는 DBA를 취득할 수 있게 된다.

첫 수업이 있던 날은 생각보다 학생들의 연령대가 높았다는 것이 놀라웠다. 학교 측에 따르면 평균 입학생의 연령은 48세라고 소개됐었다. 아무래도 일정 기간 직장 경력이 있어야 하고 그러다 보면 어느새 40세를 훌쩍 넘기면서 박사 학위 취득에 대한 열정과 필요에 의해 다시 학교의 문을 두드린 것으로 보인다.

사실 강의실에서는 외모만으론 누가 교수이고 누가 학생인지 구분이 어렵다. 또 내가 주로 뒷자리에 자리 잡고 내려다 보면 머리 숱이 없어 보이는 뒤통수를 마주하게 된다. 이미 퇴직을 하신 분들도 이 불타오르는 학구열의 불꽃을 잠재우지는 못해 배움의 길을 택하신 것이다.

게다가 각양각색의 전공과 직업적 백그라운드 그리고 이 과정은 온라인 수업 참여도 가능하다 보니 해외에서 수업을 듣는 사람들도 있고, 직장인뿐 아니라 중소기업의 대표들도 몇몇 수업에 참여하고 있다.

이제 첫 학기가 어느덧 마무리를 향해 달려 가고 있다. 그저 시작이 반이라는 말을 곧이곧대로 믿으며 3년의 과정을 무사히 끝마치기를 바랄 뿐이다. 모두들 저마다 여러가지 이유로 박사 과정을 신청했다고 한다. 나는 그냥 흘려 듣기 좋게, 그 사유는 "딱히 할 일은 없어서 공부나 할려고요."라는 멘트를 날렸는데 별 시덥지 않은 소리네 하는 반응이었다.

하지만 나의 지원 사유에 대한 것과 내 소개를 할 때면 영락없이 숫자 28을 제일 먼저 내세웠다. 식품 회사에서만 28년 마케터로 근무했다라고… 이 숫자가 갖는 힘이 꽤 컸나 본데, 어떤 동료는 오로지 28년이라는것만 기억한다고 했다.

그렇다. 28년…. 이제 2년만 채우면 30년이라는 더 의미 있어 보이는 숫자에 도달하게 될 것이다. 그래서 졸업과 학위 취득을 하게 되면 어느 자격증 교재를 광고했던 문구와 같이 그야말로 이론과 실전을 겸비한 전문가가 되겠다는 본래의 의도가 드러나는 것이다.

MBA동창 한 명이 이번 가을 학기에 시작되는 박사 과정에 지원했다며, 혹시 공부가 어렵지 않냐는 질문을 했다. 그의 걱정거리에 대해 나는 "공부하는 거 그거는 회사 다니는 거보다 더 쉽다."라고 대답해주었을 뿐이다. 물론 가정 생활이 있다면 그건 또 다른 문제가 될 수도 있겠다. 업무, 학업 그리고 가정사라는 3중고가 될 수도 있으니 말이다.

나는 왜 박사 과정에 도전했을까?

박사 첫 학기를 마무리해 가는 지금 느끼는 점은 지금까지의 공부와는 뭔가 다르긴 다르다는 것이다. 박사 공부는 어디까지나 혼자 하는 공부다. 비록 최종적으로 얻는 것이 학위일지라도, 그 과정에서 내가 얼마나 관심을 갖고 파고드느냐에 따라 아는 만큼의 깊이가 깊어지고 넓어지며, 또 알아서 밝은 눈을 갖게 되는 것이다.

물론 수업을 통해 배우는 즐거움을 얻는 것 또한 상당하지만 무엇보다, 쉬는 시간 점심시간에 다른 학우들과 나누는 대화가 더 즐겁고 다양한 지식과 경험을 공유받을 수 있다는 게 장점이다. IT, 금융, 컨설팅 등 각자의 직업적 백그라운드와 관심사가 다르기에 짧은 시간이지만 서로 의견과 지식을 보태고 나누는 활발한 지식 교류의 장이 열리게 된다.

아직 박사 1학기 과정에서 섣부른 자화자찬일지도 모른다. 그러나 정말 공부 시작한 거 참 잘했다는 결론이다. 뚜렷하게 뭐라 꼬집어 말할 수는 없는데 내가 조금 더 다른 시각으로 사람을 사물을 또 주위 환경을 둘러볼 수 있겠다는 느낌이 전달되곤 한다. 아직 그 느낌이 강렬한 파워를 갖지는 않았을 것이다. 하지만 그 느낌이 좋다. 조금씩 눈이 밝아진다는 변화로 실오라기 하나 걸친 상태다. 하지만 또 알겠는가? 이 실오라기를 계속 엮어 나가면 멋진 옷이 될 수 있다는 것을.

여기서 PhD(Doctor of Philosophy)와 DBA(Doctor of Business Administration)의 차이점을 잠깐 얘기해 보자. 우선 phD와 DBA 모두 한국어로는 박사를 의미한다. phD는 조금 더 이론적이고 학문적 연구에 집중한다면 DBA는 이론을 실무와 연계하여 경영 관리에 활용할 수 있도록 하기에 현업에서의 실무 경력이 있는 사람들에게 적합한 학위가 된다.

알의 껍질을 깨는 일

올해 상반기에는 무려 3번이나 점집을 방문했다. 타로점, 박수무당, 사주를 각각 전문으로 하는 곳으로 관점을 좀 달리해서 내 운을 점쳐 보고자 했다. 지난 과거의 행적과 현재의 상태는 묘하게 잘 맞는 듯했다. 그러나 시간이 지나면서 그들이 말했던 단기적 미래에 벌어질 일들은 이미 물 건너 갔고, 좋은 소식이라는 것에 대한 기대치가 점점 더 멀어져 갔으니 어느 누가 미래를 알 수 있으리오? 그들에 의하면, 운명은 정해져 있어 거스를 수는 없지만 본인이 노력하고 좋은 맘을 가지면 또 달라질 수 있는 가능성이 열려 있다고 조언한다. 아마도 점을 보시는 분들 즉 미래학자들은 요즘의 정신과 의사나 심리 상담사의 역할을 어느 정도 담당하는 듯하다. 답답한 현실을 토로하면 들어 주고, 그에 대해 어떤 마음가짐과 대안이 있는지를 처방해 주니 말이다. 다만 미래 예측에서 보장성이 없으니 제3자에게 나의 문제를 속 시원히 털어놓고 상담을 마친 것으로 마무리 지으면 그만이다.

불현듯 이 소제목을 오늘 아침에 택한 것은 우연히도 출근길 인스타에서 나오는 문구 때문이다. 동기 부여 연설가라는 Dee Ristic의 Don't let anyone or anything define your value가 나의 눈길을 끌었기 때문이다. 나이의 앞자리가 4에서 5로 바뀌는 지점이다. 흔히 말하는 터닝 포인트가 지금인지 아닌지 사실 분간이 되지도 않는다. 하지만 비워야 새것을 담을 수 있다는 신념이 점차 굳어지고 있다. 겨드랑이에 숨겨진 작은 날개가 돋을 것인지 알 수 없는 희망이 반이다. 그리고 확실하게 정해지지 않은 미래에 대한 걱정도 반이다. 중국집에 있는 반반 메뉴는 양쪽 다 맛을 볼 수 있어 먹는 즐거움이 더 크겠지만 이 희망 반 걱정 반은 그 경계도 모호해서 알 수가 없다. 동기 부여 연설가의 말처럼 나의 가치가 요만큼이라고 한정 지어진 상태라 더 성장할 수 없다는 판단이 섰다. 떠나야 할 때인 것이다. 중국의 격언을 빌자면 선비는 자신을 알아주는 군주를 위해 기꺼이 죽는다(士爲知己者死, 사위지기자사)고 하였다.

그렇다면 나의 가치를 알아주지 못함은 어떻게 알 수 있을까? 그것은 소통이 단절이 되는 순간이다. 더 이상 나의 얘기를 들을 관심조차 없는 상대라면 그것이 직장이든 연인 관계든 그것은 순풍에 돛단배에 몸을 실었고 배는 요단강 한복판을 지나는 것으로 해석된다. 이 지점에서 새로운 전환점을 반드시 찾아야 한다.

구르는 돌에는 이끼가 끼지 않는다. 직장인으로서 장인 생활을 이어 가야 한다면 내가 굴러야 마땅할 적재적소를 잘 찾아보라는 의미이다. 나 또한 첫 직장에서 20년을 다녔기에 세상을 보는 눈이 한 조직 문화에서의 관점으로 고착화된 것을 느낄 수 있었다. 옮겨 봐야 비로소 알 수 있다. 그것이 좋고 나쁨의 판단이든, 새로운 환경에 대한 도전과 적응이든 흔들리고 뒤집혀 봐야 변화가 찾아오고 성장과 발전이 뒤따르는 것이다.

우물 안 개구리는 행복할까? 물론 개구리의 성향에 따라 판단은 달라질 것이다. 실제 우물 안에 개구리가 사는 경우가 흔치 않을 것이다. 보통 우물의 직경이 1.5m 내외라고 하니 5cm 정도의 작은 개구리가 3~4번 폴짝 뛰면 더 이상 앞으로의 진전은 없고 이내 답답한 우물 환경에 불편함을 느낄 것이다. 이 우물 안에서는 우물이 큰지 깊은지 알 수 없는 노릇이며, 또 그 물이 맑은 것인지 진흙탕인지 분간이 되지 않고 그저 팔자려니 하며 우물 안에 고요히 머물다 말 것이다.

헤르만 헤세의 데미안에서 '알은 세계다'라고 했다. 그 알의 껍질을 깨는 일이 알 속에 있는 병아리에게 무척 힘든 과정이지만, 세상에 나오기 위해 반드시 껍질 밖으로 열심히 부리를 쪼아야만 한다. 또 알은 자신이 스스로 깨고 나오면 병아리가 되지만, 남이 깨면 달걀 후라이가 된다고 하지 않던가?

따뜻한 알 속에 웅크리지 말고, 깨어 나오기를….

어른의 말은

"현명한 사람은 말하기 전에 두 번 생각한다."라고 한다. 아예 생각 없이 말하는 경우도 일상다반사인데, 한 번도 아니고 두 번을 생각한 후에 말을 한다는 것은 그야말로 어마무시한 내공이 쌓여야 가능하지 않을까? 나이가 많아질수록 말도 많아진다더니 나 또한 예외는 아니어서 20대까지만 해도 말을 잘 안하는 편이라 새초롬하고 차갑다는 이미지였다. 처음 본 이에게 낯을 좀 가리는 편이였으나 시간이 지나면 '생각보다 말을 잘 하네'라는 정반대의 반응을 보이곤 했다. 무엇보다 지금은 어느 누구도 내가 낯을 가린다 하면 잘 믿어 주지 않는다.

하여간 말이 많아질수록 생각을 해 보기도 전에 이미 말이 앞서 버리는 경우도 많다. 이미 내뱉은 말은 주워 담을 수도 없으니 신중해야 하건만. 종교인의 묵언 수행은 너무나도 고되지 않을까 하는 생각이 잠깐 스쳤다. 침묵을 지키고 내면의 소리에 귀 기울이며 영적 성장을 위해 선택한 수행 방법이지만 고행이 뒤따르고, 홀로 생활하지 않는 이상 사람들과 서로 상호 작용하는 현실 세계에서는 주위의 도움도 필요해 보인다. 어느 날은 기분이 썩 내키지 않아 말을 아껴야지 하면서도 뜻대로 되지 않는다. 오히려 말을 하지 않는다는 것은 소통의 부재가 되기 싶다. 글로 전달한 것 즉 메일로 통지한 것조차 중요도가 있다면 직접 말로 간략한 메시지를 다시 전달해야만 한다. 간혹 말을 좀 적게 했다 싶으면 '이러다 입에 거미줄 치는 거 아닌가' 하는 생각이 들면서 내가 주변 사람들과 거리감이 드는 건 아닌지 하는 반문이 떠오른다. 적게 말하고 대신 더 많이 들으라고 한다. 그래서 침묵은 금이라 한다. 하지만 말을 많이 할수록 두뇌 활동이 활발해지며 도파민이 분비되어 기분이 좋아지는 효과도 보게 된다.

특히 상대의 무례함을 꿋꿋이 참아 내느라 얼굴이 붉어지고 표정이 바뀌는 정도라도 이에 무난히 대처하는 경지에 이른다며 좋겠지만 사람인지라 아니 사람도 감정의 동물인지라 극복해 내기가 쉽지만은 않다. 무례한 상대방 앞에 감정을 무지르고 한 마디의 말로 상큼하게 무례함을 시직힐 수 있으면 얼마니 좋겠는가? 그러ㅏ 더 안타까운 것은 그 상대방이 자신의 부끄러움조차 전혀 눈치채지 못했을 때의 일이다.

옛 속담에도 '말 한 마디로 천냥 빚을 갚는다.' 하지 않던가? 또 말의 앞뒤가 안 맞는 사람도 신뢰를 잃기 십상이고, 빈말을 하는 사람일수록 실속 없어 보이는 등 말은 말하는 이의 생각과 내면을 전달하는 매개체이기 때문에 그 중요성이 더 크다.

어른의 대화는 어때야 하는지. 미국 배우인 존 웨인은 낮은 소리로 말하고 천천히 말하고, 너무 많은 말을 하지 말라(Talk low, talk slow, and don't say too much.)고 조언했다. 그러나 격앙된 감정 상태에서는 조절이 어렵다. 말의 피치는 높아져 목소리는 떨림과 긴장감을 동반하게 된다. 순간 내 목소리가 이렇게까지 울림이 있었나 의아해하며 점점 더 그 울림의 동굴 속에 내 목소리마저 잠겨 버린다. 또 거침없이 속사포가 되어 나를 이해시키기 위한 말을 여러 차례 반복하게 돼 버리곤 한다. 이 반복의 말은 점점 더 가치를 잃게 돼 버린다.

이처럼 통제 불가능의 상태가 되기 전 아마도 어른은 자신의 말을 조정할 줄 아는 사람이 아닌가 한다.

말의 높낮이를 적정한 수준에 맞게 조절하고 말에 품격을 담을 수 있는 사람이 되고자 한다.

이만하면 됐다

합리적인 스타일 픽, 원피스

헐리우드의 유명한 스타일리스트 레이첼 조는 말했다. 스타일이 곧 당신이 누구인지를 말해 준다. ("Style is a way to say who you are without having to speak.")

특별히 근사하고 멋진 옷을 걸치지 않아도 일관된 스타일을 유지하는 것으로 더 돋보이는 방법이 있다. 그래서 스티브 잡스 하면 제일 먼저 떠오르는 이미지는 터틀넥 셔츠와 청바지 그리고 운동화를 착용한 모습이다. 그래서 어느 글에서는 성공하려면 한 가지 정형화된 패턴의 옷을 입으라고도 한 거 같다. 굳이 꼬집어 말하자면 스티브 잡스처럼 입으면 오히려 그 옷차림이 기대에 어긋나서 더 돋보일 수 있는 방법이라는 데 있다. 또 유사한 간편 차림새로는 마크 저커버그가 있다. 반면 일론 머스크나 빌게이츠의 경우 좀 더 단정해 보이는 셔츠와 자켓의 옷차림으로 스마트한 이미지를 대변해 준다.

헐렁하고 느슨한 차림이냐 아니면 비즈니스 캐주얼이냐에 따라 어느 누가 더 스마트한지를 나타내는 지표는 아니다. 스티브 잡스나 마크 저크버그의 경우라면, '오로지 일에만 집중하느라 나는 옷 따위엔 신경 쓰지 않는다'는 인상을 주기에 알맞다.

반면 나는 주로 원피스를 즐겨 입는다. 스타일이 좋은 편이 아니기도 하거니와 무엇보다도 큰 고민 없이 한 번의 선택으로 착장이 가능하다는 편리성 때문이다. 윗옷, 하의, 이너웨어 등등 색깔과 디자인 및 옷감의 재질 등을 하나하나 고려하다 보면 생각보다 많은 시간이 투입되기 때문이다. 이 자켓에 어울리는 블라우스를 어디다 뒀더라 하며 바쁜 출근 시간에 옷을 찾느라 분주할 필요가 없다. 뿐만 아니라 옷에 맞는 신발이나 액세서리 그리고 가방까지 매치하려면 이만저만한 일이 아닌데, 풀착장을 하고 나서도 뭔가 석연치 않아 다시 갈아입게 되면 걷잡을 수 없는 혼란에 빠지게 된다. 그래서 나는 항상 잠자리에 들면 내일 입을 옷들을 미리 생각해 본다.

물론 나 또한 오랜 직장 생활을 해 온 만큼 많은 옷들을 가지고 있다. 대부분 원피스류이다. 매일 다른 옷을 입고 출근한다 해도, 1년 내 계절에 맞춰 입어도 꺼내 보지 못한 옷들이 그대로 옷장 속에 파묻혀 있기도 하다.

원피스의 장점은 체형 커버가 가능하다는 이점도 있다. 흔히 말하는 통통족 체형으론 원피스만한 게 없다. 계절에 맞는 옷감 선택도 중요하다. 특히 겨울에는 되도록 모혼용률이 높아야 재질이 얇아도 보온성이 좋다. 반면 여름에는 얇다고 만사가 아니라 통기성이 좋아야 한다. 린넨의 경우 직조의 형태가 외관으로 드러나 그 나름 멋짐이 있고, 여름 재질이라 시원하기도 하나 구김이 심하다는 것이 단점이다. 구김도 나름 자연스러운 것이라 나는 린넨 소재의 옷을 좋아한다. 또 블랙이나 화이트, 다크 블루, 아이보리, 그레이의 단색 컬러는 반드시 계절별로 두루 갖추고, 여기에 포인트를 줄 수 있는 화사한 컬러들도 마련한다. 나는 좀 더 다양하게 핫핑크나 퍼플, 그린 계열과 옐로우 그리고 크거나 잔잔한 플라워 패턴들도 구비하여, 하루 이틀 정도는 분위기를 바꿔 입어 본다.

원피스를 정장 스타일이 나게 입으려면 치마폭이 좁게 무릎 아래까지 오고 디테일이 없는 디자인을 선택하면 된다. 여기에 다양한 길이와 넓이의 스카프를 준비하면 겨울에는 보온의 효과가 봄에는 조금 더 산뜻하고 세련된 이미지를 연출할 수 있다. 멋쟁이들은 소품으로 이 스카프를 적절히 활용할 줄 안다.

그렇다. 나는 원피스를 좋아하는 원피스 매니아이다. 그래서 나에게 어떤 옷을 추천해 달라 청한다면 직장 여성에게는 되도록 다양한 원피스를 갖추고 매일매일 드레스를, 여기서는 절대 이브닝 드레스를 말하는 것은 아니다. 입고 파티에 가는 것처럼 멋지게 출근하라 답해 주고 싶다.

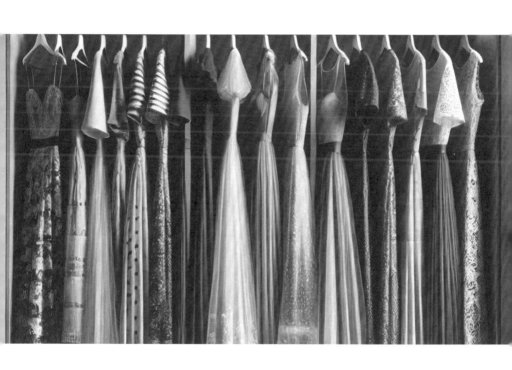

합리적인 스타일 픽, 원피스

영어 동화책 읽는 직장인

내가 대학 졸업 무렵인 90년대만 해도 영어를 한다는 것은 좋은 스펙이었다. 물론 지금도 마찬가지이고, 많은 취업 준비생들이 토익 점수 및 영어 회화 고득점을 확보하기 위해 노력하는 것도 별반 달라진 것은 없을 것이다.

내가 에세이를 쓰려고 했을 때, 나의 꿈은 영어 동화 번역이라 하지 않았던가? 대학 때부터 지금까지 줄곧 영어를 붙잡고 있는데, 또 이미 글에서 언급한 것과 같이 영어 실력 또한 애매한 재능 수준이 돼 버려서 유창하다 말하기도 그렇다고 외국인을 보고 두려움을 느끼거나 하는 수준은 아니니 영어는 나에게 항상 따라다니면서도 친근하지 않은 스토커 같은 존재가 돼 버렸다.

종종 주변의 동료들이 이제 영어 공부를 해야만 한다고 말할 때마다 나는 항상 말렸다. 영어는 어설프게 공부하면 별 도움이 안 된다. 그리고 생각보다 잘 한다는 게 어렵다. 그냥 그 노력으로 다른 걸 공부하거나 힘 쏟는 것이 더 좋은 결과를 가져올 수 있다고 말이다. 지금도 이 생각에는 변함이 없다. 그렇다 해서 남이 공부한다는 것에 모두 반대하는 것은 아니다. 이왕 하려면 엄청 열심히 해야 한다는 것을 전제하고, 성인이 시간을 낼 수 있는 한계를 고려해서 좀 더 효율적인 일에 집중하라는 것이다. 공부는 효율과는 거리가 좀 멀다. 나름 효율적인 공부법을 찾아 활용할 수 있지만, 무엇보다 많은 시간을 투자해야만 그 효과를 볼 수 있다.

그래서 나의 공부 비법 중 도움이 된 것을 공유해 보고자 한다. 보통 영자 신문이나 잡지를 보라고도 많이 얘기하는데 이것이 쉽지 않다. 일단 단어가 어렵고, 시사에 관련한 내용이라 한 칼럼을 읽어 내기가 만만치 않다. 나는 오히려 아이들이 읽는 제일 얇은 영어 동화부터 한 권을 끝내 보라고 말하고 싶다. 실제 생활에서 쓰는 단어들, 생각보다 영어 초보라면 모르는 단어가 꽤 있을 수도 있다. 그리고 실생활에 쓰는 어휘이고, 아이들 수준이지만 내용도 재미있고 마치 주인공들의 대화를 실제 눈 앞에서 보고 듣는 거마냥 생생하기도 하다.

나는 제로니모 스틸턴 시리즈 약 75권을 모두 10번 이상 반복해서 읽었다. 지금도 계속 시리즈가 출간되기 때문에 책의 권수는 더 많을 수도 있다. 이 책 외 일본인 작가 시오노 나나미가 지은 『로마인 이야기』는 2번을 읽었으니 '제로니모 스틸턴'의 대단한 팬임에 틀림없다. 이 책은 출판업을 하고 있는 제로니모와 그의 가족들이 여행을 떠나 모험을 펼치는 전형적인 어린이 동화책이다. 등장인물들의 독특한 캐릭터가 각 스토리마다 잘 살아 있고, 거기에 주제나 내용과 관련성 있는 일반 상식도 곁들여져 있어 어린이는 물론이거니와 어른들에게도 유익하다. 우선 10권을 사서 펼쳐 보기를. 글씨 크기가 부담 없이 크고 또 컬러 인쇄로 내용 이해에 도움이 되는 삽화가 재미있게 그려져 있어 책장이 술술 잘 넘어간다. 지금은 책 표지가 바래고 바랜 채 책 꽂이에 무기력하게 꽂혀 있지만 10번을 넘게 펼쳐 본 책이라 애정이 어려 있다. 이처럼 책 표지가 자외선에 바랜 것을 보니, 자외선이 또 피부에 미치는 영향도 엄청날 것이라 생각된다. 집안에 있을 때라도 항상 자외선 차단 크림을 발라야 한다는 경각심이 든다.

이렇게 동화책을 읽기 시작하고 이어서 다른 어린이 동화책 시리즈로 확대해 갔다. 워낙 영어 교육에 열성인 엄마들이 찾아 놓은 많은 영어책들이 있기에 쉽게 추천 받을 수 있다. 제로니모 스틸턴보다 조금 더 연령이 높은 책은 낸시 드류 시리즈인데, 10대 소녀들의 이야기를 다루고 있고 미국 청소년의 문화를 조금 엿볼 수 있다. 아무튼 나는 출근하는 지하철에서도 제로니모 스틸턴을 가방에서 꺼내 펼쳐 들곤 했다. 거기에 색연필로 줄을 그어 가면서… 어른이 컬러풀하고 만화가 그려진 동화책을 펼쳐 읽는 것에 아무런 거리낌은 없다.

반면, 생각보다 큰 도움이 되지 않은 공부법은 넷플릭스 미드를 원어로 보는 것이다. 이 방법은 사람마다 다를 것이다. 우선 나는 한글로 번역된 시리즈를 모두 시청한 후 영문 자막의 도움을 받아 재시청하는 방법을 택했다. '슈츠'와 '범죄의 재구성' 그리고 '지정생존자'를 재미있게 보았기에 한글 자막을 떼고, 영어 자막만으로 재시청하기에 도전해 보았다. '슈츠'와 '범죄의 재구성'이 범죄와 변호사의 전문성이 돋보이는 내용이라 단어가 어렵긴 해도 비교적 적정한 속도감으로 어느 정도 캐치가 가능했으나 지정생존자는 더 빠른 대사 처리로 영어 자막을 읽고 따라가기 수월치 않았다. 이것은 물론 각자의 영어 능력에 따라 다를 수 있으므로 어디까지 나의 개인적 견해이다. 지금은 '굿 위치'를 시청하고 있다. 비교적 앞서 소개한 미드처럼 매 회마다 그렇게까지 다이나믹하지 않고, 작은 소도시에서 생활하는 주민들의 일상과 사랑에 대한 잔잔한 드라마이다. 3개의 시리즈를 거치고 난 후 미드를 재시청한 탓인지 '굿위치'의 전개가 비교적 느린 속도감인지 모르겠으나 그나마 좀 공부에 용이하다는 판단이다. 아마도 자신의 실력에 적합한 미드를 선택하는 것이 현명한 공부법일 것이다.

분명 미드로 영어 공부를 효율적으로 잘 하는 사람들은 반대할 수도 있지만, 이것은 어디까지나 나의 주관적인 견해일 뿐이다. 여기서 중요한 것은 단순히 영어를 듣고 보는 것이 아니라 또는 맘속으로 영어를 중얼거리는 것이 아닌 내가 직접 내 목소리로 말하는 영어를 내 귀로 들어야 실력이 향상될 것임을 깨닫게 되었다. 이 점이 부족할 뿐 넷플릭스 미드 시청을 타박할 생각은 없으며, 어떤 방법이라도 꾸준히 해 보기를 바라 본다.

따라서 넷플릭스를 활용하는 방법은 초보자라면 영어 공부에 도움이 되는 작품을 선택하는데, 다행히도 '즐거운 영어 세상 속으로!'라고 하는 카테고리가 마련되어 있다. 먼저 선택한 작품을 한글 자막을 통해 내용을 숙지하고, 두 번째는 영어 자막으로 다시 한 번 재시청을 하는 것이다. 마지막에는 영어 자막 없이, 그리고 대사를 함께 따라 읽어 보는 것이 반복 학습의 효과를 최대한 살려 보는 방법이라 생각된다.

스톡데일 패러독스

얼마 전 파리 올림픽이 끝났다. 우리나라가 집계하는 방식인 금메달에 우선순위를 두어 전 세계에서 8위의 좋은 성적을 거뒀다. 이번 올림픽에서 메달 기대 종목인 양궁 그리고 사격과 펜싱 등에서 강한 면모를 보여, 우리 민족이 호전적이지 않냐고 하는 우스갯소리도 있었다.

사격이나 양궁 둘 다 정해진 시간 내 과녁을 맞춰야 하니, 보는 이들의 조마조마한 가슴 졸임이 있고 너무 소중한 한 발이 실수가 되지 않을까 눈을 질끈 감고 싶기까지 긴장감이 가득했다. 아무튼 무더운 여름에 스포츠 경기를 지켜보면서 동메달도 금메달 못지 않은 기쁨을 남겨 주며 그동안 땀 흘려 노력한 모든 선수들이 대견하고 자랑스럽다. 그리스 철학자들이 말했다 "Mens sana in corpore sano"로 "건강한 신체에 건강한 정신"을 뜻하며, 육체와 정신의 조화를 강조한 말이다.

하지만 나는 운동을 싫어한다. 즉 운동과는 담을 쌓고 지내기에 내 몸을 내 의지대로 사용하는 데 제약이 많다. 50이 되면서부터 주위에서는 운동을 꼭 해야 한다 건강을 챙겨야 한다 등의 많은 조언들이 스쳐가면서 골프를 권해 주시는 분들이 많다.

사실은 나의 형편없는 골프 실력에 안타까움을 자아내는 지인들이 더 많은 것. 그저 골프에 발만 걸치지 말고 좋은 레슨을 통해 자세를

교정하고 충분히 연습할 것. 어디 골프뿐이랴. 레슨과 연습이야말로 운동뿐 아니라 어떠한 취미 생활에도 모두 부합되는 절대적 사실일 테니 말이다.

직장인과 골프는 밀접한 관계가 있다는데, 골프를 하고 안 하고는 개인의 선택이라 말하고 싶다. 간혹 직장인 커뮤니티에 '골프를 해야 하나요?'라는 질문도 종종 볼 수 있다. 본인이 원치 않으나 주위의 권유나 또는 직장에서의 상황이 종용하는 터라 타인의 해답을 얻고자 함일 테니. 골프를 할 수 있는 시간적 경제적 여건이 된다면 당연히 골프에 입문한다면 좋겠지만, 만일 여의치 않은 상태에서 해야 할지 말아야 할지 망설이는 단계라면 나는 확실히 No라는 답변을 주고 싶다.

코로나 시기에 한때 MZ세대로부터 각광받았던 골프가 급격히 인기 하락으로 인해 골프 용품 업계에도 많은 타격을 입었다고 한다. 이유는 바로 골프에 드는 만만치 않은 비용에 있다.

골프장 이용료뿐 아니라 패션에 신경을 쓴다면 매번 라운딩 갈 때마다 동료에게 다른 스타일을 보이고 싶은 과시 욕구가 앞서 소비 본능이 강하게 분출하게 된다. 미드에서 간혹 보는 골프장에서의 패션은 대부분 베이지 색의 면바지에 티셔츠 정도이다. 여성이건 남성이건 누가 봐도 우리나라처럼 쫙 빼입은 모습이 아니라 그저 흔히 볼 수 있는 옷차림에 장갑과 골프화 정도를 신었을 뿐이다. 물론 내가 미국에서 골프장을 직접 가 보지 못했기에 TV에서 보는 것을 사실대로 믿을 순 없겠지만, 드라마의 주인공 옷차림을 그 정도로 노출시킨다면 아마도 현실에 가깝지 않았을까 하는 추측일 뿐이다.

삼성 창업주 이병철 회장님도 말씀하신 돈으로도 할 수 없었다는 3가지가 바로 미원 사업, 자식, 그리고 골프인 것은 잘 알려져 있다. 그만큼 골프에 대해 뜻대로 안 된다는 정의가 내려진 것이다. 지금까지 나도 계획을 세우는 데 많은 시간과 노력을 기울여 왔다. 목표를 위해 어떤 단계와 과정을 거쳐야 하는지 이리저리 재 보고 그 계획에 충실하려 애썼다. 그런데 정말 계획 없는 무계획도 문제지만, 계획대로 척 척 삶이 진행되지 않는 것도 골프의 정확성과 비거리가 예상만큼 안 나오는 것과 같다.

이제는 나의 계획이나 예상대로 되지 않을 가능성도 한 켠에 남겨 둬야 한다. 베트남 전쟁에서 8년간의 포로 생활을 하고 풀려난 미군 스톡데일 장군의 예가 떠 오른다. 함께 포로 생활을 했던 동료들은 반드시 풀려날 것이라는 희망을 걸었다. 크리스마스에는 또는 추수 감사절에는 끔찍한 포로 생활이 끝나 갈 거라는 믿음에 큰 기대를 걸었으나 계속되는 좌절감을 극복하지 못하고 끝내 숨을 거두었다. 반면 스톡데일은 반드시 석방될 것이라는 희망을 갖고 있었으나, 현실을 직시하고 자기 통제를 할 줄 아는 사람이었다. 이를 스톡데일 패러독스(Stockdale Paradox)라 부른다.

이처럼 뜻대로 되지 않는 것에 대한 집착도 내려놓아야 하고, 안 될 수도 있다는 것에 대한 여지도 받아들여야 한다. 삶이 내 뜻대로 되지 않는 것에 슬퍼하거나 노하지 말라.

이 글의 제목처럼 뜻대로 안 되는 골프를 다시 해 보기로 했다. 어제 지인과 아파트 내 부대시설인 스크린 골프장에서 들은 단 한 마디의 첫차, "그래도 퍼팅은 잘한다."라는 격려의 말에 해 보면 뭔가 잘 할 수 있을 거라는 희망이 걸린다. 너무 거리가 나가지 않아 더블파가 난무한 상황에서 내가 어디 퍼팅까지 가 본 적이 많았겠는가? 운동 젬병임에도 그나마 퍼팅이 조금 더 낫다라는 긍정적 멘트 하나가 나에게 포기하지 않고 골프를 제대로 시작해 보자는 실마리를 안겨 준다.

이만하면 됐다

MBTI, 지금도 진화하는 중

한때 MBTI 검사가 유행이었고, 그래서 나도 내 소개를 할 땐 나의 MBTI는 INFJ라 서두를 열기도 했다. 여전히 MBTI가 무엇이지 서로 묻곤 하는데, 간혹 나와 같은 INFJ를 만나게 되면 어쩐지 이 사람과는 그 동안 말이 잘 통하더라 하는 반가운 느낌이 든다. S 브랜드가 30년 간 주구장창 '침대는 과학이다.'라고 광고한 거처럼 'MBTI는 과학이 맞구나.'라며 수긍이 간다. 물론 학계에서는 MBTI를 신뢰성의 문제로 인해 과학적인 성격 검사 도구로 인정하고 있지는 않다. 나 또한 MBTI를 여러 차례 테스트 해 보았는데, 다수가 INFJ가 나오긴 했으나 간혹 ENFJ가 나오는 등 서로 다른 결과치를 보여 주기도 했다. 그런데 이 I나 E 차이에 대한 성격 유형의 결과는 엄청난 차이가 있다.

ＡＢＯ식 혈액형의 4가지 타입으로도 어떤 성격 유형인지 재미 삼아 논하기도 하는데 이는 벌써 오래 전의 방식이고, MBTI는 나름 16가지 성격 유형으로 나눠지다 보니 좀 더 세밀하게 분석되는 것처럼 보이기도 한다. 나는 어떤 사람인가?에 대해 누구나 갖고 있는 궁금증을 이처럼 상업성을 띤 유형 검사로 쉽게 파악하려 한다. 예를 들어 그림 한 장으로 보는 성격 검사와 같은 호기심을 자아내는 문구에 강력하게 이끌린다. 다시 MBTI로 돌아가면 가장 쉽게 겉으로 드러나는 성격 유형은 제일 처음에 나오는 영단어 이니셜이 I인지 E인지로 판단

할 수 있다. 다른 사람들과 활발한 상호 작용으로 에너지가 밖으로 도출되는 경우라면 E에 해당될 것이고, 반대로 I의 경우 말수가 없는 편이며 외부 활동보다는 혼자 지내기를 좋아하며 조용한 편에 속한다. 그렇다면 나는 I에 해당되는데, 직장 동료나 친구들에 의하면 내가 다소 내향적인 사람이라는 말에 동감하지 않는다. 나의 가장 외면적인 모습 그리고 큰 장점은 누구와도 어떤 소재로든 대화가 가능한 친밀감을 보유했다는 것이다.

INFJ의 가장 큰 특징은 누가 뭐라 해도 타인의 감정을 이해하고 동화하는 공감 능력이다.

내가 추구하는 가치와 일치하여 공감을 나눌 수 있는 사이라면 금상첨화일 터이다. 그러나 역시 사회 생활에서의 관계는 나의 일방적인 공감만으로 긍정적 상호 작용이 일어나진 않는다. 풀지 못한 오해일 수도 있고 어쩌면 애초부터 MBTI가 됐든 뭔가 맞지 않는 근본적 차이가 있을 것이다. 이렇게나 안 맞나 싶으면서도 왜 또 그 상대방의 입장과 처지는 쉽게 공감이 가는지 알다가도 모를 INFJ이다. 이런 상반된 서로 맞지 않는 반응과 태도를 보이는 건 이러이러한 내면적 혼란과 불일치 때문이라 나 스스로 해석하고 충분히 이해도 되고 공감도 하는 바이다. 그러나 나는 결코 상대의 잘못된 선택에 동조하지는 않겠다는 신념이 있다. 나와 맞지 않는 사람과 함께 동석을 해야 한다면 나는 나만의 자리를 찾는다. 즉 상대방과 나란히 앉되 그 사이에 다른 사람이 앉도록 하여 직접적으로 대면하지 않는 것이다. 또 바로 옆옆에 앉기 때문에 충분히 그 사람의 얘기를 들을 수 있어 대화의 주제에서 크게 벗어나는 일도 없다. 싫어하는 사람과 함께 테이블에 앉아야 한다면 함께하지만 따르지 않겠다는 의지로 직접 대면하지 않는 그 사람의 옆옆자리에 앉아 보라.

내가 음악 치료 대학원 01학번이니 그때 심리 상담 선생님으로부터 성격 검사를 받은 적이 있다. 그때의 평가는 외향적이고 밝고 긍정적인 성격이라는 나왔다. 나는 선생님께 저는 절대 외향적이지 않은데 의외에 결과라 왜 그러한지 문의하였다. 선생님은 외향적이라고 해서 항상 사람들과 함께 즐기고 명랑하며 활동적인 것만을 의미하는 것이 아니라 하셨다. 그것은 의사 결정을 내릴 때 다양한 사람들의 의견을 수렴하면서 외부의 영향을 받는 경향도 포함된다는 것으로 설명해 주셨다.

그리고 성격은 절대 바뀌지 않지만 사회 생활을 해 나가면서 자신이 환경에 적응하기 위해 태도를 바꾸려는 성향이 나타난다고 부연 설명해 주셨다. 찰스다윈이 갈라파고스 섬을 방문하고 진화론을 발전시켰

듯이 나 또한 어떤 조직에서의 환경적 특수성으로 인해 자연적 진화
를 받아들였을 터이다.

지금도 환경에 맞춰 진화하는 중이다.

버킷 리스트

죽기 전에 꼭 해 보고 싶은 것들을 적어 놓은 버킷 리스트를 작성해 놓지 않았다. 왠지 명칭만 봐도 꽤 그럴싸한 도전을 열거하고 귀가 솔깃해지는 모험심 가득한 일들이 기록되어야 할 거 같아서다.

간혹 인스타그램에 나오는 죽기 전 꼭 가 봐야 할 여행지라든가, 죽기 전 꼭 읽어야 할 도서 목록, 죽기 전 꼭 봐야 할 영화 제목이 소개된다. 나는 과연 몇 개나 죽기 전 꼭 해 봤다 할지 손가락을 꼽아 보기도 하고 되짚어 보기는 했다. 이렇게 죽음에 앞서 해야 할 의무이고 해내야만 하는 일인가? 하고 반문도 들면서, 죽음이라는 거룩하고 숭고한 단어 앞에 붙는 리스트는 어찌 보면 모험이 될 만한 뿌듯한 일들을 반드시 적어 놓아야만 할 거 같다.

번지 점프 뛰어 보기, 산티아고 순례길 걷기, 마라톤 완주 등의 용기를 내어 신체 활동과 관련된 모험은 지양하겠으며 또 자주 언급되는 악기 배우기, 외국어 학습하기, 책 100권 읽기와 같은 지적 활동을 동반하는 일에는 상당 부분 끌리는 면이 있다.

내가 한동안 열심히 피아노를 연습하던 시절이 있었다. 그때의 버킷 리스트는 베토벤의 피아노 소나타 중 으뜸으로 손꼽히는 4개의 작품을 모두 연주해 보는 것이었다. 비창, 월광, 발트슈타인, 그리고 열정이 해당되었다. 비창과 월광의 주요 멜로디는 클래식뿐 아니라 미디어 매체에서 테마 곡으로 자주 사용되고 또 락 버전으로도 변주되어 우리에게 매우 익숙한 곡이다. 그리고 우리나라 피아노과 국민 입시곡으로 불리던 발트슈타인은 첫 부분의 반복된 리듬과 경쾌한 멜로디로 비교적 단순하지만 그 단순함을 알맞게 연주해 내기 쉽지 않다. 나는 이 도전 곡 4개 중 3곡을 레슨 받았으나 열정을 배우지 못했다. 아마도 가장 난이도가 높을 것이고, 악성 베토벤의 천재성이 녹아 있는 복잡한 감정 표현이 피아노 연주로 녹여 내기엔 내 실력이 부족하다는 레스너의 판단이 있었을지도 모른다. 따라서 진도를 빼는 과정에서 제일 뒤로 미루다 미루다 레슨 진도에서 빠진 것으로 여겨진다.

그렇듯 열심히 피아노에 매진하는 가운데, 말콤 글래드웰의 『아웃라이어』라는 책이 베스트 셀러로서 '만 시간의 법칙'이 알려지기 시작했고, 나도 과연 만 시간이면 훌륭한 연주가가 될 수 있을지 의아해하면서 매일매일의 연습 시간을 엑셀에 기록하였다. 물론 만 시간을 채운다는 것은 매일 3시간씩 10년을 해야 하는 분량이며 여기서 만 시간은 어떤 분야에서 대가가 되기 위해 필요한 조건에 해당된다. 나의 경험으로 다시 되돌아가면 약 1년간의 총 연습 시간을 일평균으로 계산한 결과 채 1시간이 안 되는 약 58분에 해당되었다. "결국 매일매일 2

분이 부족했군." 정말 의외의 결과라서 도대체 하루 한 시간조차도 연습량을 못 채웠단 말인가? 하며 반문하였다.

이처럼 매일 한 시간씩 어떤 일을 꾸준히 하라는 충고는 실제로 엄청 어려운 일임에 틀림이 없다. "하루 한 시간만 투자" 쉬워 보여도 결코 만만하지 않은 도전이다. 나는 어떤 날은 퇴근 후 2시간을 연습하고, 주말에 몰아서 연습을 해서 내 기억에는 연습량이 직장인 치곤 적지 않다고 여겼다. 그러나 역시 직장인이라 어쩔 수 없는 시간적 제약 또는 몸과 마음의 컨디션에 따라, 때론 날씨가 안 좋아 집에 일찍 가서 쉬는 게 낫겠다는 상황적 판단으로 연습을 빼먹는 것을 감안하면 하루 1시간을 겨우 채울까 말까 하는 정도에 그쳤다.

그렇다면 버킷 리스트를 여러 가지 일들로 가득 채우기보다 차라리 한 가지를 매일 1시간씩 해 보는 것에 도전하는 것은 어떨까? 그것이 운동을 하든 책을 읽든 외국어 학습이 되든 1시간의 목표 설정과 꾸준함이라는 자기 실천을 수행해 보는 것이다. 버킷 안에 언젠간 이루려하는 여러 개의 리스트를 담기보다 하나의 버킷에 내가 실천한 한 개의 리스트를 담고 버킷에 라벨링 하나하나를 붙여 버킷의 숫자를 늘려 나가는 것이다.

지금 나의 버킷 리스트는 에세이라는 형식으로 이 글을 쓰고 있는 것이다. 2024년의 여름을 목표로 그저 평범한 직장인이 손에 잘 잡히는 얇은 책 한 권 자신의 이름으로 출간해 보는 소소한 희망이 놓여 있다.

문득 시인 마리아 라이너 릴케가 가을날의 시에서 처음 읊은 문구가 떠오른다. "지난여름은 위대했습니다."라고. 여름이 위대한 것은 열매를 맺게 한 것이니 올 여름 나의 버킷에 에세이를 담아 보겠다는 의지이다. 그리고 우리말 여름이 녀름에서 나왔으며 또 열매를 지칭하는 여름과도 연관성이 있다 하니, 열매를 맺는 여름 그리고 여름의 이 두 음절을 발음할 때 살며시 진동이 느껴지는 운음이 새롭게 다가온다.

리셋 버튼을 눌러야 할 때

직장인의 꿈은 뭘까? 재테크를 통해 성공한 부자? 100억 만들기를 실현하는 것? 회사에서 신입 직원 면접을 볼 때마다 사장님은 꿈이 무엇인지 묻곤 했으며 이에 경제적 자유라고 답하는 이들이 적잖이 있었다. 나는 그럴 때마다 경제적 독립을 하는데 왜 회사에 입사를 하려고 면접을 보러 왔을까 하고 의아해했다. 즉, 회사 생활을 통해 경제적 독립이 아니라 의존성만 커진다는 사실을 다들 망각한 것이 아닐까 한다. 아니면 일과 병행하는 투잡을 원하는 것일는지? 요즘엔 N잡러의 시대이긴 하다.

성공 반열에 오른 많은 사람들이 유튜브나 책과 강연을 통해 나름 비법이라는 것을 전수한다고 현혹시킨다. 물론 누군가는 자신의 노하우를 공유하는 데 진심일 수도 있다. 주식, 갭 투자, 경매 등등 다양한 방법들이 소개되며 누군가의 성공 사례가 멋지게 펼쳐지며 주변인들의 이목을 끌어당긴다. 사람들이 가장 후회하는 것은 해 보지 못한 일에 대한 아쉬움이라고 한다.

나는 위의 투자 방법을 제대로 실천해 보지도 않았거니와 지극히 받은 급여를 저축하는 정도에 그쳤기 때문에 딱 기대 수익 수준에서만 추가 소득을 얻었을 뿐이다. 그나마 IMF 때 10%의 높은 이자율 혜택을 받긴 했으나, 신입 사원 월급이라 자산 형성에 크게 도움 됐을 리만무하다.

이처럼 투자를 통한 고수익은 나와는 별개의 것이었으니, 직장을 28년을 다니고도 이렇다 할 자산을 모은 게 없으니 그저 안타까울 뿐이다. 여전히 부자 공부만큼은 유독 게을러서 앞서 말한 경제적 자유를 얻는 것을 쉽지 않을 거 같다.

아직 미혼으로서 그나마 나에게 투자한 것이 다양한 취미 생활과 학위를 따는 것이다. 제목처럼 무엇이 되고 싶은 것일까? 이미 사십춘기도 지났고, 오십춘기가 찾아오기에 마땅한 해답을 찾기가 쉽지만은 않다. 예전에 읽은 책의 내용이 떠올랐다. 90이 훌쩍 넘으신 어른께서 지금까지 가장 후회되는 것이 무엇이냐는 물음에 60 무렵 은퇴를 하고 그 이후 아무것도 할 수 없다는 생각에 지나와 보니 90세가 넘는 동안 무려 30년간을 허송세월한 것이라고 한다.

그동안 열심히 직장만 다녀서 별로 할 수 있는 일이 없다는 푸념이 생긴다. 그렇다고 직장을 탓하는 것은 아니다. 28년을 근속하면서 지금까지 3개의 다른 직장을 다녔으니 나름의 커리어를 잘 관리해 왔고 나를 28년차 식품 전문 마케터라 소개할 수 있는 나의 대표 컨셉도 얻게 된 것이다.

최근 나의 첫 논문 주제를 식품 회사의 ESG 활동 중 변수를 설정하여 고객의 브랜드 충성도에 관한 것으로 정하였다. 다양한 ESG 활동 분야가 있고, 여기에 미치는 긍정적 매개 효과가 무엇인지 알아보고 브랜드와 소비자의 관계를 연구해 보려는 목적이다. 어쩌면 제대로 진행된 일정대로 2년 후에는 다른 제목의 논문이 쓰일 가능성도 있다. 이미 박사 학위를 갖고 있으면서 MBA 과정을 함께 마친 동창은 박사 학위를 따기 위해 공부하고 쓴 논문을 통해 앞으로 10년은 먹고 살게 해야 한다고 충고했다. 요즘 ESG 경영은 과거처럼 단순히 기업의 이윤을 사회에 환원한다는 취지의 기부나 봉사 활동과 같은 CSR 그리고 환경 보전에만 머무는 것이 아니다. 또한 연차 보고서에 나오는 기업 성과 또한 매출과 이익 성장만을 우선시하는 시대가 아니기에 ESG가 가져 올 기업 생태계는 큰 변화를 가져올 것이라 기대된다.

학교 졸업 전 이미 대기업에 취업을 해서 쉼 없이 달려왔기에 그 끝이 창대하면 좋으련만, 오히려 100세 시대가 위협적이라 느낄 만큼 새로운 직업 또는 인생 설계를 시작해야 하는 시점이 되니 내가 20대에도 이렇게까지 부침이 있었나 하는 의문이다.

김난도 교수의 『아프니까 청춘이다』라는 책에서 보면 인생 80세로 보고 정오까지를 인생의 절반 즉 40세로 비유하였고, 오후의 삶에도 여전히 아직 많은 가능성이 남아 있다고 강조하였기에 아픈 20대가 아닌 나에게 조금의 안도감을 주었다. 하지만 막상 오후 5시가 되는 시각에 이르니 이제는 성장통이 아닌 각종 퇴행성 질환이 기다리고 있을 뿐이다.

그래서 무엇이 되고자 하는가? 아직 그 해답은 찾지 못했다. 주변에서는 너는 뭐든 열심히 하고 있으니 '기다리면 잘 될 것이다.'라고 격려해 주지만, 어쩌면 찾아올지도 모를 우연을 기다리기엔 지금의 흔들림에 마음이 어수선하다.

아침 고요 사무실

인천 청라 집에서 회사까지 지하철만 3번을 갈아타고 도곡역에 도착하였다. 출퇴근 왕복 시간 4시간이 살짝 넘게 되는데, 평균 근무 시간 8시간의 50%를 이미 출퇴근에 할애하기에 약간의 염려와 놀라움이 섞인 반응이 많다. 하지만 경기도권이나 인천에서 강남까지의 출퇴근 소요 시간은 대략 1시간 30분 정도이다. 어느 조사에서는 출퇴근 시간/거리가 길수록 삶의 만족도가 떨어진다고 한다. 나는 진즉 직주 근접의 삶을 포기하였으니 그 시간을 유용하게 활용하는 편이 더 좋다고 생각한다.

'피할 수 없으면 즐겨라'라고 하지 않던가? 어차피 서울러가 아닌 바에 왕복 4시간의 출퇴근은 피할 수 없기에. 냉방이 아주 쾌적한 (지)하철이 안에서 주로 넷플릭스를 시청하고, 인스타를 보며 간혹 온라인 강좌를 듣기도 하는 등 나름 방책을 써 본다. 화면 집중에 따른 피로도를 줄이기 위해 잠시 눈을 감더라도 이것은 아무 생각도 하지 않고 잠시 잠깐의 휴지기를 거쳐 머리를 식히는 중이라 자처한다.

이런 과정으로 출근길도 마무리되어 도곡역에 내리면 최종 마무리는 아침을 조금 더 기분 좋게 시작해야 한다는 의욕이 생긴다. 그래서 유튜브에 여러 편이 편집된 컬투쇼를 들으며 9분 정도 걸어 일명 삼실, 사무실에 도착한다. 진행자인 김태균이 노인, 여성, 젊은 청년의 목소리를 힘의 강약과 스피드 그리고 상황에 따른 다채로운 톤으로 변형하여 재미나게 읽어 주는 스토리텔링이 매력이다. 또 여기에 걸맞는 유머러스한 만화 삽화가 내용의 이해를 더 돋보이게 하니 나도 모르는 사이 실소가 터져 나와 흠칫 주위를 둘러보게 된다.

한동안은 경쾌한 음악을 들으며 출근길을 재촉했었다. 빨리 삼실 가서 관련 뉴스도 검색하고, 중요한 이메일은 다시 한 번 점검하고 남보다 빠른 업무 시작을 하고 싶은 마음이 앞섰기 때문이다. 따라서 이렇게 웃음이 나고 때론 어처구니 없는 실화에 바탕을 둔 삶의 에피소드를 듣는 것으로 행복 호르몬이라 불리는 엔도르핀의 분비가 촉진되는 것이다.

만야 지금 처한 상황이 즐겁지 않다면 우어야 한다. 너무 심각하고 시니컬한 문장과 조언에 동화되지 말지어다. 오히려 그와 반대로 기분 좋은 일들을 기꺼이 만들고 웃음과 함께 우울감과 부정적 에너지를 이겨 내야 한다.

새로 이사한 오피스는 탕비실이 가깝다. 아침이면 개인 노트북과 컴퓨터의 전원을 켜고 수면의 후유증을 말끔히 지울 카페인 섭취를 위해 탕비실에 있는 네스프레소 커피 머신으로 향한다. 작은 캡슐이라 커피 양이 적은 편으로, 나는 일반 커피와 디카페인 이렇게 2개를 추출하고 여기에 커피믹스 한 봉을 섞어 진하디 진한 나만의 모닝 커피를 만든다. 커피 섭취는 여기서 끝이 아니다. 탄수화물과 함께 섭취하는 커피는 지난 28년간 마셔 온 커피믹스와 더 잘 어울리기에 1차 테이스팅을 마치고 본격적인 업무가 시작되는 9시경에 다시 디카페인 블랙커피로 조금 연하게 만들어 음용한다. 일명 내가 말하는 오전 중 커피 두 사발을 마시는 셈이다.

이렇게 커피 한 잔과 빵 또는 비스켓으로 아침 식사를 마치면, 아침 두뇌 활동에 필요한 영양소인 탄수화물이 주는 다양한 효과가 있다. 다른 건 몰라도 탄수화물을 끊으면 일명 탄수화물 부작용으로 성격을 버린다고까지 말한다. 지금부터는 지극히 탄수화물 숭배론이다. 탄수화물이 입에 들어오는 순간 고소한 풍미가 자극을 주고 씹는 과정인 저작 운동을 통해 뇌의 활동을 활성화시킨다. 또 아밀라아제의 작용으로 탄수화물이 당류로 분해되면서 당분이 만들어 내는 기분 좋은 달콤함과 밤새 공복감을 싹 지워 주니 이로써 하루 시작을 위한 워밍업이 완성된다.

물론 여기에 모닝 커피의 충실한 역할은 바로 원두와 커피믹스가 적절히 배합된 이 커피 한 잔이 심리적 안정과 더불어 본격적인 인지 활동의 시발점이 되는 것이다.

139

아침 고요 사무실

또라이와 지랄 총량
그리고 스트레스 법칙

우리나라의 훌륭한 리더십을 대표하는 인물은 보통 세종 대왕과 이순신 장군을 꼽는다.

　조선 4대 임금 세종 대왕은 집현전을 설치하여 인재를 고루 등용하고, 과학적이고 실용적으로 뛰어난 우리 글 한글을 창제하셨다. 또 이순신 장군은 임진왜란 당시 백의종군하여 뛰어난 전략과 지도력으로 승리를 이끈 명장이다. 나는 여기에 황희 정승의 리더십을 더하고자 한다. 초등학생 무렵 누구나 다 읽었을 법한 황희 정승에 관한 유명한 일화가 있다. 어느 날 2명의 여종이 서로 자신이 옳다고 다툼을 하는데 황희 정승은 두 사람 다 옳다고 대답하며 어느 누구의 편도 들지 않았다. 또 이 광경을 지켜보던 그의 조카가 왜 두 사람이 모두 옳다고 답하면 어찌하냐 묻자 역시 "네 말도 옳다."라고 말했다. 즉 자신의 입장에서 주장하는 바는 다 옳다고 여겨지는 것이기에 한쪽으로 치우침 없이 중용의 입장을 취한 것이다. 또 다른 예로 황희 정승이 소 두 마리로 일을 하는 농부와 나눈 대화도 유명하다. 황희 정승이 농부에게 2마리 소 중 누가 더 일을 잘 하는가 묻자 농부는 슬며시 귓속말로 "누런 소가 일을 더 잘합니다."라고 대답한다. 이에 황희 정승은 왜 이렇게 조심스레 대답하는지 묻자 농부는 아무리 짐승일지라도 그 앞에서 누가 더 잘하는지 못하는지를 평가하는 것은 좋지 않다고 하기에 큰 깨달음을 얻었다는 것이다. 물론 이 농부의 답변이 정말 기막히게 멋진 것이지만, 중요한 것은 황희 정승이 이 농부의 말에 귀 기울일 줄 아는 포용력이 있다는 것이다. 이것을 요즘의 리더십과 연결시켜 본다면 중용의 리더십 즉 배려와 존중이 해당될 것이다.

그러나 이 중용의 미덕을 실행하는 것은 어려운 일이다. 생각과 행동이 모두 한쪽으로 치우치지 않고 균형을 유지하며 잘 조화되는 것을 말한다. 치우치지 않으려면 고정관념의 틀에서 벗어나 타인의 말에 경청하며 스스로 성찰하여 조화로운 관계를 유지하도록 노력해야 한다.

직장 생활에서 적용되는 물리 화학의 법칙을 누구나 다 알 것이다. 즉 어느 소식에나 있다는 또라이 질량의 법칙과 지랄 총량의 법칙 그리고 스트레스 보존의 법칙이다. 또라이, 지랄, 스트레스와 같은 부정적이고 강한 어조가 과학의 법칙과 절묘하게 만나 우리의 일상, 즉 여러 가지 일도 많고 탈도 많은 직장 생활을 잘 설명해 준다.

설마 내가 돌아이? "아니야, 그럴 리가. 어쩜 꼰대 정도?" 리더가 아이돌(또라이, 돌아이를 조금 완화시켜 불러 봄)인 경우 조직에 끼치는 심려는 회복 자체가 불가능해진다. 이 아이돌은 하루 동안 자신이 써야 할 지랄의 총량을 반드시 채우고야 말 것이며, 이로 인해 주변인들에게도 스트레스가 전가되어 구성원 모두의 건강과 행복에 나쁜 영향을 끼치게 되는 것이다. 결국 배는 아주 천천히 심연으로 가라앉게 된다.

누구나 탁월한 역량을 갖추고자 노력한다. 설령 이 탁월함이 부족할지라도 리더가 황희 정승과 같이 중용에 의한 균형과 공정성을 지키려 애쓴다면 구성원들도 자발적 참여를 통해 성과를 높이고 조직에 대한 높은 몰입과 충성도를 보일 것이다. 배는 파도를 헤치며 순조롭게 항해 중이다.

백성을 널리 이롭게 하겠다는 세종대왕의 비전을, 황희 정승의 배려와 존중에 따른 원활한 소통, 그리고 이순신 장군과 같은 전략 실천의 결단력이 리더가 두루 갖춰야 할 덕목이라 정리해 본다.

리더여! 함께하는 구성원들을 존중하고 그들로부터 존경받기를.

또라이와 지랄 총량 그리고 스트레스 법칙

지적 호기심,
위안과 영감을 주는 책

주문한 책꽂이 2개가 도착했다. 다 읽고 보관 중인 책과 아직 읽지 못해 순서를 기다리는 책들이 섞여 있다. 3년 전 집을 이사할 때 약 400권의 책을 모두 처분하였는데, 어느새 또 책이 쌓여 나뒹굴고 있는 형편이다.

다분히 책 욕심이 많아서 부지런히 사 모으기에 수집가적 기질이 있다. 정신분석학의 창시자 프로이드에 의하면 성격 발달 단계의 첫 번째인 구강기(출생부터 18개월까지)에 입으로 하는 행동들, 빨기와 먹기와 같은 활동에 고착된 사람들은 성인이 되어서도 흡연이나 과식과 같이 입으로 가져가는 행동이나 또는 무언가를 수집하려는 욕구를 가진다고 설명한다. 이런 프로이드의 해석을 적용해 본다면 출생부터 18개월까지 전혀 기억에 남지 않는 유아 시절이지만, 음식에 대한 애착 그리고 소유하려는 집착은 지금 남아 있는 그때의 고착된 행동의 발현이 아닌가 한다. 애착, 집착 그리고 고착으로 연결되는 구조가 된다.

그러고 보니 우리 고양이 조이도 나의 적극적인 키스에 대해 거부 반응을 보이고 그 짧은 앞발을 뻗어 뽀뽀하려는 나를 묵묵히 저지하려 든다. 조이는 미뉴에트(Minuet) 품종으로 일명 키가 작은 위인 나폴레옹의 이름을 붙여 나폴레옹 고양이라고도 불린다.

나는 책과 식기류를 수집한다. 하지만 이것들을 잘 정리 정돈하는 것과는 무관하다. 한 달 전 사무실을 이전할 때도 많은 수집품들을 일괄 정리할 수 있는 좋은 기회로 활용했다. 수많은 필기구들과 다양한 사이즈와 각기 다른 디자인의 포스트잇, 심지어 지우개도 대여섯 개가량 됐고 머그컵도 3개, 연필꽂이 3개와 사무실에서 갈아 신는 구두도 4켤레나 갖고 있었다. 아무리 둘러봐도 도대체 나는 미니멀리즘과는 거리가 먼 상태였다. 다행히 이사를 계기로 일부 버리는 것을 선택하였고, 물품 보유 수량이 현저히 줄어드는 계기가 됐다. 그러고 보니 옷도 꽤 많은 편이고 착용하는 귀걸이 또한 셀 수 없이 많다. 그렇다고 해서 나는 소위 말하는 패피(패션 피플)는 아니다.

한 번 읽은 책을 버리지 않는 것은 절대 그런 일은 없었지만, 언젠가 필요할 때 분명 펼쳐 볼 것이라는 기대와 다짐이 있기 때문이다. 또 읽은 책의 가치를 존중하고 싶기에 내 주변에 가까이 두고자 하는 책에 대한 배려이기도 하다. 인스타에서 선보이는 멋진 서가를 갖는 것도 희망 사항이다. 천장까지 맞닿은 책장에 사다리를 놓고 기꺼이 책을 꺼내 보는 재미를 만끽해 보고 싶다. 만약 노후에 더 이상 정규직이 아니고 여유가 생기면 온통 사방을 책으로 빽빽이 둘러 두고 한 권씩 꺼내서 이전에 표시해 둔 북마크와 밑줄 친 곳들을 되새겨 보며 책에 기대어 시간을 보내는 멋진 계획을 꿈꿔 본 것이다. 그런데 왜 밑줄까지 긋고 별표까지 했는지 지난 시점에서 의미가 없는 문장이 많을 수도 있겠다. 지금도 가끔 예전의 책들을 펼쳐 보면 그렇다.

"아니 이거 왜 여기에 밑줄이 그어지고 별표까지 있는 거지?" 그땐 중요했었나 보다.

책이 단지 수집의 대상이 아닌 왕성한 지적 활동의 리소스로 활용돼야 마땅하거늘, 아직 그 용도가 십분 발휘되지는 못해서 방치 상태에 머물러 있지만 이렇게 책꽂이에 꽂아 두고 다시 한번 제목들을 음미해 보며 읽어 볼 날을 기약해 본다. 물론 이 제목들을 읽는 것만으로도 알 수 없는 행복감이 들기도.

요즘 가장 하고 싶은 일은 사 둔 책들을 하루 종일 읽어 보는 것이다. 코로나로 잠시 집에 머문 기간 중 그나마 뭔가를 할 수 있는 그날 하루에 책 한 권을 읽었었다. 직장을 다니고부터는 하루에 한 권 책을 읽은 것은 코로나 때 읽은 것과, 그 이전 섀클턴의『위대한 항해』가 있다.

한동안 나는 지인들에게 책을 선물하곤 했다. 그런데 이런 책 선물은 정말 상대방에 따라 쓰레기를 주는 것과 같다는 사실을 알았다. 내가 읽어서 가슴에 품을 만한 문장이 있다거나 생각의 깊이를 더해 줄 수 있는 전문가의 견해 또는 내가 풀어내지 못한 사유를 멋지게 표현한 문구를 함께 공유하고 싶었을 뿐이다. 내가 누군가로부터 책 선물을 받을 때 기분이 좋은 만큼 남들도 그런 줄만 알았다. 물론 누군가 나에게 책 선물을 한다면 난 기꺼이 기뻐할 것이다. 하지만 모든 것은 상대적이어서 책 선물보다 차라리 커피 쿠폰을 날리는 것이 더 나을 수 있다는 결론이다.

떡볶이로 푸는 스트레스

좋아하는 음식이 뭐냐고 물으면 나는 스스럼없이 떡볶이라고 답한다. 그리고 떡볶이는 꼭 섭취해야 하는 필수 음식이라고 덧붙이며, 주말은 대개 한 번은 떡볶이를 가족과 메인 식사로 즐길 만큼 중요도 높은 메뉴임을 강조한다.

떡볶이를 제일 처음 먹었던 것은 예전의 국민학교 1학년 때다. 그때는 학생 수가 워낙 많아서 1학년부터 3학년에 해당되는 저학년생들은 오전반과 오후반으로 나뉘어 등교를 했다. 즉 교실 하나를 오전과 오후로 나누어 2개 반이 함께 공유하는 것이다. 수업이 점심 시간을 기점으로 끝나거나 시작되었을 것이다. 그때는 또 학교 주변에 수많은 문구점이 즐비했고, 학용품뿐만 아니라 다양한 간식거리, 그 시절 불량 식품이라고 불리기도 했던 추억의 먹거리들이 지나가는 아이들의 눈길을 끌었었다.

나는 1981년 인천 산곡초등학교에 입학하였다. 그 시절 오래된 학교에는 다 있는 세종 대왕과 이순신 장군 동상이 있고, 모래 먼지 무성했던 운동장엔 뺑뺑이, 미끄럼틀, 정글짐, 철봉에 아이들이 빼곡히 매달려 놀고 있는 전형적인 모습이었다. 내가 국민학교 1학년이던 시절 100원으로도 이것저것 군것질을 할 수 있었는데, 지금에는 놀라운 액

수이지만 내 기억으론 50원어치로도 쪼맹이 아이들 한입 사이즈의 떡 서너 개 담은 국물 떡볶이를 사 먹을 수 있었다.

한동안 떡볶이는 저렴하고 값어치 없는 음식으로 여겨졌지만 2000년 중반부터 시작된 프랜차이즈 열풍과 더불어 떡볶이 전문점이 생겨났고, 또 신당동 떡볶이집으로 유명세를 떨친 마복림 할머니의 고추장 떡볶이는 더 이상 떡볶이가 초등생들이나 먹는 길거리 간식이 아닌 대중 식사로서 자리매김하였다. 거기에 떡볶이는 사실 궁중 음식이라는 사실이 더해지면서 지위가 향상되는 변모까지 보여 줬다. 고추장이 아닌 간장 양념으로 떡과 소고기 그리고 야채를 넣어 순하고 부드럽게 즐길 수 있는 요리로 알려지면서 품위가 향상된 것이다. 또 넓은 냄비에 담아 떡과 라면 야채 삶은 계란 등을 넣고 끓여 먹는 즉석 떡볶이도 유행했다. 맛있다는 즉석 떡볶이집은 주로 나이 많으신 아주머니 아니면 할머니들이 운영하시는 경우가 많았다. 이 즉석 떡볶이의 화룡점정은 바로 마지막에 남은 양념과 함께 밥을 볶아 먹는 것이다. 떡과 면으로 충분히 탄수화물을 섭취하고도, 신이 내려 주신 축복의 식재료 김가루와 밥을 한데 섞어 약불에서 뭉근히 태워 누룽지까지 만들어 먹으면 한끼 풍족한 식사로서 부족함이 없다.

밀떡이냐 쌀떡이냐 이 대립 구도는 각자의 입맛에 따라 달라질 것이다. 밀가루보다 쌀이 더 영양적으로 우수할 것이라는 편견이 더해질 수 있다. 다만 쌀떡은 쌀떡대로 쫄깃한 식감과 양념이 잘 배어 들어 떡을 더 맛있게 먹을 수 있고, 밀떡은 밀떡대로 그 매끄러운 형태가 입안에서 부드러운 감촉을 전해 주기에 떡볶이 애호가인 나로서는 둘 다 좋아한다.

정확히 말하면 라볶이다. 떡과 함께 라면을 넣고 살짝 매콤하게 조리한 음식을 더 좋아한다. 파, 양파, 라면(신라면), 오뎅 그리고 삶은 계란이 더해지고 마지막에 반드시 이 통깨(깨소금)란 친구를 아낌없이 넉넉히 뿌려 고소한 맛으로 풍미를 높여 준다. 무엇보다 중요한 것은 고추장 양념이다. 시중에서 판매하는 제품은 너무 달거나 간이 좀 센 편이라 집 고추장에 설탕을 섞고, 조금 더 칼칼한 매운맛을 살리기 위해 고춧가루 작은 스푼을 넣어 준다. 그리고 간이 부족한 경우 간장으로 맞춘다.

스트레스를 받으면 매운 음식이 땡긴다. 이유는 매운 음식이 강렬한 자극을 주고 이런 통증이 일시적 쾌감을 불러일으키기 때문이다. 물론 맛있는 음식을 통한 보상 심리도 작용하게 되는데, 뇌에서는 매운맛으로 인한 강한 자극과 통증을 완화시키기 위해 신경 전달 물질인 도파민을 분비시킨다. 즉 정신적 스트레스를 육체적 고통을 동반한 짜릿한 쾌감 그리고 뇌의 작용으로 해소하게 된다. 따라서 심신의 위안이 필요할 때 더 매운맛에 끌리고 이 중독성에 매료된다.

그래서 떡볶이는 나의 소울 메이트, 소울 푸드다.

연차는 산소 같은 존재

90년 후반부터 2010년 초까지 아마 나를 포함한 대부분의 직장인이 연차를 자유롭게 쓰는 일은 거의 불가능했을 것이다. 일년에 두세 번을 쓸 정도였으니 워라밸이라는 것은 꿈도 꿀 수 없는 단어였고 물론 그 시절엔 워크라이프 밸런스라는 개념조차 존재하지 않았다. 일과 삶의 균형은커녕 일을 통해 삶을 영위해 나가는 것이 절대 진리요 올바른 직장 생활의 지배적인 통념이었다.

집에서 잠자는 시간과 출퇴근 준비의 몇 시간을 제외하고 많은 시간을 회사에서 지내다 보면 직원들의 속속들이 사정을 이해하고 경험을 나누며 동고동락하는 사이로 가족처럼 지내기 마련이다. 때론 불편한 일들도 있었지만 아무튼 지금처럼 개인과 회사를 딱 잘라 구분 짓지 않았다.

만약 직장인에게 연차가 없다면 이것은 김 빠진 사이다, 고기 없는 고기국수와 같을 것이다. 365일 중 토요일과 일요일의 주말이 104일, 법정 휴일이 약 11일에 일반 직장인 최소 연차 15개를 모두 더하면 약 130일은 일하지 않는 날이다. 여기에 정기 휴가나 근무 연수에 따른 연차가 더 많을 수도 있고 또 업체별 각종 기념일에 복지 혜택으로 주어지는 연차도 있을 것이다. 이것을 주당 환산해 보면 주 4.5일의 근무 일수가 된다.

　현재 2024년을 기준으로 일부 기업에서 주4일 근무제를 시행하고 있다. 다수의 직장인이 부러워하지만 앞에서 말한 계산법대로 연차를 모두 소진하지 않는다 해도 모든 직원이 입사 2년차에 해당되지 않고, 또 여름 휴가 등의 정기 휴가를 반영하지 않았기에 대략 일년의 60% 를 일한다고 보면 된다. 물론 열일 하는 직장인은 근무 시간 외에도 앉으나 서나 회사일로 골머리를 앓는다 할 수 있겠다.

　예전 스페인 식품 회사와 비즈니스 파트너십으로 일할 때 그들의 근무 시간에 대해 물어 본 석이 있다. 그 회사는 올리브유와 해바라기유, 포도씨유 등을 생산하고 해외로 수출을 하는 업체였다. 내가 근무할 당시 위의 3가지 오일은 명절 선물 세트로 인기가 높았던 품목이었다. 내가 만난 수출 담당자의 답변은 스페인의 여름은 너무 더워서 오랜 시간 일을 할 수 없기에 오후 3시면 퇴근을 한다는 것이다. 3시 퇴근이라니? 꽤 이른 시간에 퇴근을 하는 것이라 놀라웠는데, 여기에 그녀는 점심 시간과 씨에스타를 고려하면 12시부터 2시까지 휴식 시간을 갖는다고 덧붙였다. 나의 놀란 반응을 살핀 그녀는 다음과 같이 자신들의 짧은 근무 시간 이유를 해명 아니 설명했다. We don't need to manufacture cars and mobile phones like the Korean people do. We have the Sun and the Sea. 우리는 한국처럼 자동차나 핸드폰을 제조할 필요가 없다. 우리는 태양과 바다가 있다. 이처럼 자신 있게 제조에 목을 메지 않아도, 자연이 준 풍광과 조상들이 물려준 유물과 유산이 있기에 큰 부침은 없다는 입장이다. 물론 그들은 과거 무적함대로 세계를 누볐으나 결론은 식민지 지배를 통해 거둬들인 보물인 것이다.

또 덴마크 회사와 업무 관계가 있어 출장을 간 적이 있다. 한국 수출 담당자에게 "왜 덴마크 국민은 행복한가?"라 물었다. 덴마크뿐 아니라 노르웨이 스웨덴과 같은 북유럽 국가 국민들의 행복 지수가 높은 편이다. 나라 이름만 들어도 겨울에 꽤 춥고 맑은 날씨보다 흐리고 어두운 느낌인데 그들이 행복하다니? 그는 덴마크에서 직장인은 4시에 퇴근을 한다고 답했다. 아니 4시에 퇴근해서 뭘 한단 말인가? 그에 의하면 대부분 집으로 가서 저녁을 먹고 가족과 함께 시간을 보낸다는 매우 심플한 답변이었다. 대신 업무는 집중적으로 하는데 다만 점심 시간이 30분으로 짧다는 게 아쉽다고 했다. 그때 제공됐던 점심 메뉴는 한입 사이즈의 오픈 샌드위치였던 것으로 기억하는데 짧은 시간 빨리 먹을 수 있는 메뉴가 선택된 건가라며 잠시 생각했다.

이 얘기들은 모두 십수 년 전의 일들이다. 하지만 지금 우리에게는 세계를 아우르는 K 컬처가 있지 않은가?

모두가 만족하는 삶은 없을 테고, 불만과 불평을 달고 사는 직장인 이지만 대략 주 4.5일 근무하는 월급 중독자로서 크게 나쁘진 않다. 연차를 자유롭게 쓰는 분위기가 확산되고 있기에. 따라서 월급쟁이가 갑자기 떼돈을 버는 일도 없으려니와 비록 통장에 스쳐 지나가더라도 꼬박꼬박 입금되는 급여를 보며 이나모리 가즈오의 말처럼 일을 통해 내면을 완성하는 중이라 여겨야 한다. 이런 수행 과정을 통해 몸에는 제법 사리가 여러 개 쌓이려니 생각된다.

알고 있다는 착각

직장인이 하루 중 가장 많이 하는 말은 아마도 '네, 알겠습니다.'일 것이다. 듣거나 봐서 이해했다 정도로 해석이 될 수 있지만 좀 더 나의 개인적인 분석을 덧붙여 본다.

- 지금 나는 보고/들어서 대화의 내용과 요청 사항에 대해 인지하고 있다

만일 그 내용에 충분히 동의하고 이해한 경우와 동의하지 않지만 알아는 들었다의 의미로 다음과 같이 구분될 수 있다.

전자는 긍정의 의미로 알/겠/습/니/다/의 단어 하나하나가 명확하게 그리고 하향식의 억양으로 발음하게 된다. 반대로 후자는 별로 내키지 않지만 형식상의 반응, 직장인이기에 너무나도 자연스럽게 나와 버리는, 알겠습니다는 평이한 억양으로 단어를 조금 더 빠르게 발화하는 경우다. 마음 속으로는 이게 아닌데라고 외쳐 보고 싶지만 비록 힘없는 응대라 해도 최소한 직장인의 예의를 담았다고 볼 수 있다.

- 그다음의 업무 진척을 위해 어떤 일을 해야 할지 명령을 어서 내려 달라고
  촉구하는 반응형 멘트이다

인식의 단계와 상호 동의를 뛰어넘어 함께 어떤 일을 착수하려는 적극적인 수용의 태세를 보여 주는 단계다.

- 분명 "네, 알겠습니다."는 긍정어이지만 부드러운 거절 의사를 표현하는 방법이기도 하다

이때 주의해야 할 것은 말한 사람이 무미건조한 억양인지 아니면 너무 친절한 어조인지 가늠해 보고 YES로 받아들이기보단 다시 한 번 알아들은 내용이 무엇인지 재차 확인하여 상대방의 진의를 알아볼 필요가 있다. 육하원칙(Who, What, When, Where, Why) 중 하나에 대입한 질문을 해 보는 것이다. "그러면 누가 하나요? 무엇을 해 주실 수 있나요? 언제쯤 알 수 있나요? 어디서 진행되는지요? 또는 어디서 확인 가능한가요? 왜 한다고 생각하세요? 어떻게 하실 건가요?"

- 이제 대화를 끝마치자는 의미에서 아주 잘 알아들었고, 나는 또 다른 일을 해야만 하니 나를 놓아 달라는 심리적 압박감을 부담 없이 전달하려는 의지의 표현이다.

주로 대화를 마무리 짓겠다는 확인용으로 사용된다.

직장인의 '네, 알겠습니다'는 이처럼 다양하게 쓰이는 일상 용어이지만 상황과 상대방의 어조를 파악해야 할 필요가 있다. 결코 쉽지만은 않다.

위와 같은 '알겠습니다'의 직장인 쓰임새와 더불어 나는 '우리가 알고 있다는 것'에 대한 착각을 말하고 싶다. 1부터 10까지의 자연수를 말했는데 상대방은 그것을 1, 3, 5, 7, 9의 홀수만을 또는 2, 4, 6, 8, 10의 짝수만을 가려 듣고 10까지의 모든 숫자를 알고 있다고 착각하는 소통의 문제를 종종 경험했기 때문이다. 물론 '알고 있다'의 개인차는 자신의 지식과 경험치를 총동원하여 보고 들은 것에 대한 이해의 폭이 달라짐을 말한다. 영단어 " I see"에서와 같이 이는 단순히 시각적으로 사물을 보는 것이 아니라 상황에 대한 해석과 공감 등을 통해 이해한다는 뉘앙스를 품은 것이다. 즉 see를 눈으로 보는 것, 무의식적으로 봐서 알게 되는 것이 전부가 아니니 본다고 다 아는 것은 아니다.

나태주 시인의 풀꽃이란 시를 차용해 본다.

풀꽃

자세히 보아야 예쁘다

오래 보아야 사랑스럽다

너도 그렇다

사물을 바라보고 앎에 이르기까지 그래서 내가 알고 있다는 것을 알아차리는 것은 자세히 보려는 그리고 시간을 들여야 하는 정성과 노력이 필요한 일이다.

견디니까 중년이다

오늘 아침은 발걸음도 활기차게 하이든의 트럼펫 협주곡을 들으며 출근길을 재촉했다. 이 테마를 들으면 누구나 다 아는 유명한 곡. 1980년 후반과 1990년 초 차인태 아나운서가 진행했던 장학 퀴즈의 경쾌한 멜로디가 귓가에 울려 퍼진다.

나는 장학 퀴즈를 떠올렸지만 넷플릭스의 드라마 오징어 게임에서 아침 기상을 알리는 곡으로 떠올리는 이들이 많을 듯하다. 아마도 요즘은 녹음되어 사용되겠지만 군대에서 기상나팔로 트럼펫이 연주되다 보니 오징어 게임에서 OST로 트럼펫 연주곡이 사용된 것은 자연스럽다.

오징어 게임의 마지막 참가 456번 이정재는 경쟁자를 모두 물리치고 상금 456억 원을 받는다는 기상천외한 스토리로 전개된다. 어렸을 때 동네 친구들과 함께 했던 게임들이 즐거운 놀이가 아니라 생존 게임이 되고 마지막 최종 라운드는 오징어 게임에서 승부가 결정된다는 설정이다. 예전엔 오징어 게임을 위해 땅바닥에 규모 있는 큰 그림을 그려야 하고 꽤 격한 몸부림이 있어 학교와 동네 친구들은 그 축소판인 뼈다귀 게임으로 대신하곤 했다. 생각보다 이 게임은 격렬한 몸싸움이 요구됐었다.

우리가 살아가는 삶의 과정은 오징어 게임만큼이나 살벌한가? 다양한 게임의 법칙과 통제 불가능한 변수, 겪게 되는 딜레마가 펼쳐지는 드라마 속 오징어 게임은 매우 극한 상황을 표현했지만 실제 리얼 월드의 삶에서도 위기와 협력, 경쟁 그리고 타협과 적응이 순환되는 한 편의 드라마이다.

이처럼 인생이라는 드라마의 주인공은 나이지만, 각본은 내가 써내려 가야 한다. 인생은 로맨스, 액션, 판타지, 코미디, 스릴러, 미스터리 등 다양한 장르가 혼합된 것이고 애초부터 나는 내 의지와 상관없이 본의 아니게 이 드라마에 주연으로 캐스팅되었다.

나의 드라마는 이럭저럭 클라이맥스를 향하고 있다. 결말을 미리 알 수 없지만 새드 엔딩이 될지 해피 엔딩이 될지 아니면 이도 저도 아닌 모호한 맺음이 될지 전혀 예견할 수 없다. 지금은 되돌아 보고 또 도전을 시작해야 하는 전환점이기에 질풍노도의 시기가 다시 찾아온 것이다.

20대 초에 시작된 사회 생활이 중간 쉼 없이 28년차 마케터로 이어지면서 그 시간을 메우는 꾸준함이 있었다. 졸업을 하진 못했지만 4년간 휴학을 반복하며 다녔던 숙명여대 음악 치료 대학원, MBA 학위를 받고, 다시 박사 과정에 도전하며 이 꾸준함에 학업과 학습이라는 양

넘을 추가하였다. 그렇게 꾸준하게 견디다 보니 어느 새 중년이 되었다. 그러나 여전히 아쉬움이 남고 또 미래에 대한 막연한 불안감으로 청소년기에 누구나 한 번쯤은 답을 모르겠는 질문을 해 본다.

'나는 과연 도대체 누구인가?'라는 실존적 물음에 휩싸인다. 이 질문은 정말 무섭다. 내가 묻지만 나도 답할 수 없기 때문이다. 이 질문이 떠오른 순간 앞이 캄캄해지고 마음이 심연 깊은 곳으로 무겁게 가라앉는다. 살아지니까 삶이었고, 견디니까 중년이 되었다는 것밖에 알 수 없는 노릇이다.

중년… 이제 직장 생활이 막바지가 다가오는가? 100세 시대 절반의 생을 한 번 더 살아 내야 할 의무가 있다. 흔히 제2의 인생을 설계한다고 한다. 그러나 어디 직무 전환이 쉽단 말인가? 더군다나 중년들에게는 더 어려운 것이 현실이다. 당장 퇴직 후의 생활이 더 걱정되는 현실에서, 중년들에게 어떤 메시지가 간절히 필요하고 해답이 될 수 있단 말인가? 중년이란 단어가 참 서글퍼지는 순간이다. MZ세대처럼 역동적이지도 않고 그렇다고 시니어처럼 재도약을 꾀하는 벅찬 기대감이 있지도 않다. 그냥 한마디로 말하면 낀 세대다.

직장 경력을 갖고 있는 사람이라면 컨설팅을 권해 보고 싶다. 최소

15년 이상의 직장 생활을 경험한 이라면 누구라도 자기계발서 여러 권 읽었을 것이고 또한 생활과 삶으로부터 자연스레 체득된 다채로운 처세가 자연스레 배어 있을 것이다. 즉 흔히 말하는 맨땅에 헤딩도 해 봤을 것이고 모서리가 닳아서 둥그러지고 체념도 단념도 수차례 해 봤을 터이니 유연해지기도 했을 것이다. (직)장인으로서 재능이 충분히 연마된 상태인 것이다. 4050세대와 다른 MZ세대들에게 라떼 시절의 모험담과 더불어 해석이 달린 지침을 전해 주는 것이다. 나의 직무가 HR이 됐건 마케팅이나 세일즈가 됐건 직장 생활에서 실재했던 스토리를 케이스 스터디 형식으로 묶어 이야기로 만들어 보는 것이다.

얼마 전 보험 설계사로부터 갱신 관련 상담을 받고 명확히 50이 주는 묘한 감정에 약간의 서러움도 묻어 났다. 뭐 하다 이렇게 나이를 먹었을까? 조지 버나드 쇼의 "우물쭈물하다가 이렇게 될 줄 알았어."라는 말에 격한 공감이 서린다. 누군가는 숫자에 불과하다고 말하지만, 주구장창 직장만을 다녀 본 이로서 어느덧 나이 반백 년에 들어서는 순간 비로소 아쉬움과 안타까움에 젖어 들게 된다.

나와 같은 동년배들은 어떤 어려움이 있을까? 이제는 '건강이 최고다'라는 말을 더 많이 듣게 되고 최고의 가치로 여겨지며, 더 이상 젊은 세대들과 같이 워크 앤 밸런스를 바라보는 입장도 아닌 것이다. 워

크를 지속해 나갈 수 있는 가능성이 오히려 점점 더 희박해지는 것이
현실이니 말이다.

  그래서 꼭 이직을 위한 이력서나 경력서가 아니더라도 나의 history
를 한번 작성해 보길 권해 본다. 지나 온 일에 대한 반추로 딱히 나쁘
다 할 것도 없거니와 힘든 일 또한 지나가리라 믿고, 앞으로 할 얘기가
많은 사람이 되어 다른 이에게도 도움을 주는 좋은 담화가 되기를 바
라 본다.

이만하면 됐다

견디니까 중년이다

성장

종종 주변에서 직장 다니며 공부하는 것이 너무 힘들지 않냐는 질문을 많이 받는다. 직장과 공부 중 하나만 할 수 있다면 더 좋겠지만, 현실은 둘을 병행해야 하는 입장이라 "닥치는 대로 하면 됩니다."라며 가뿐하게 답해 준다. 아니, 우리에게는 '시작이 반이다'라는 멋진 속담도 있지 않은가? 시작의 첫발을 떼기 위해 너무 많은 고민은 시작을 더디게 할 뿐이다.

또 신중하게 생각해야 할 것이 있지만 중요한 것은 어떤 결정, 어떤 선택을 내리는가이다. 신중한 것에 온통 에너지를 다 쏟아 버리고서도 잘못된 결정을 내리는 일도 많다. 요즘 많이 나오는 '고민은 품절을 부를 뿐'이라는 쇼핑에서 자주 쓰이는 카피 문구와 같다. 그래서 이처럼 공부를 하려는 이가 또는 어떤 당위성과 필요성에 의해 공부를 선택하려는 주변 사람들이 그 시작 여부를 묻는다면 나는 하루라도 빨리 시작할 것을 권한다. 나이 들어서 하는 공부는 좋은 학점을 따고, 취직을 위한 스펙 쌓기도 아니며 특정 전공이나 과목에 국한되는 것도 아니다. 물론 여기에는 어떤 연구 분야를 택하는가에 따라 다른 의견이 있을 수도 있지만, 학문적 깊이만을 추구한다기보다 그 넓이와 세상을 보는 시야가 확대되기에 군이 따지자면 크로스 오버에 가깝다고 본다.

phD 즉 "Doctor of Philosophy"는 철학 박사를 의미한다기보다 고대 그리스에서 철학은 모든 학문의 근본으로 수학, 과학, 윤리, 예술 등을 모두 포함하였고 오늘날에도 학문적 지식을 쌓고 특정 분야에서 탁월한 연구 성과를 갖춘 사람에게 부여하는 학위를 뜻하게 되었다고 한다. 'philosophy'의 의미를 좀 더 살펴보면, 두 개의 그리스어 philein 사랑하다, sophia 지혜라는 뜻인데 이것을 합치게 되면 "지혜를 사랑하다"라는 맥락적 의미를 갖게 된다. 특정한 철학 분야에 국한된 것이 아니라, 광범위한 학문적 연구 능력을 인정받은 사람에게 수여되는 학위를 뜻하게 되는데, 지혜를 사랑하는 사람이란 멋진 해석으로 이어진다.

물론 지혜를 사랑하는 사람이 되고자 하고, 하루하루 더 지혜로운 사람이 되고자 한다.

소설가 공지영의『무쏘의 뿔처럼 혼자서 가라』는 책 제목이 떠올랐다. 뿔이 하나 달린 동물이라면 상상 속의 동물 유니콘도 있을 텐데, 작가는 이 제목의 문구를 불교 경전에서 따왔다고 한다. 그래도 유니콘은 전도 유망한 스타트 기업을 지칭하는 데 쓰이고 있으니 섭섭함은 없으리라. 무쏘는 1990년 초 쌍용 자동차에서 출시된 SUV 차량의 브랜드 네임이기도 한데, 일단 무쏘는 코뿔소의 뿔을 의미한다. 육중한 체구에 튼튼한 가죽을 걸쳐 입은 코뿔소의 코에 이렇게 우뚝 솟아 난 뿔처럼 말이다. 자신의 굳은 의지와 신념으로 묵묵히 자신의 길을 가라는 의미가 내포돼 있어서, 지금 내가 가고 있는 이 길이 무쏘의 뿔처럼 혼자서 가야 하는 길이라는 것과 일맥상통한다.

나는 얼마 전부터 신입 직원 교육 자료에 이화여자대학교 명예 석좌 교수셨던 고 이어령 교수님의 말씀을 PPT 한 장에 추가하였다. 그 내용은 과거를 알려면 (검색)하고, 현재를 알려면 (사색)하고, 미래를 알려면 (탐색)하라인데 여기 괄호에 있는 3개의 단어들, '검색, 사색, 미래'를 공란으로 하고 각각 맞춰 보도록 짧은 퀴즈를 내 보는 것이다. 대다수의 사람들은 검색 또는 탐색 정도를 맞추는데 현재를 사색한다는 문구의 사색을 맞추는 일은 매우 드물었다. 물론 인터넷에 검색한 다라는 검색의 용어가 자주 쓰이기도 하고, 탐색 또한 그럴 것이다.

여기서 중요한 것은 현재를 사색한다는 것이다. 과거의 경험치가 현재가 되고 현재가 미래의 방향성을 좌우하는 주요 포인트라는 데서 현재를 깊이 있게 생각하고 성찰하여 좀 더 의미 있는 삶을 살기를 바라셨던 의도일 것이다.

내가 교육 내용에서 강조하는 것은 현재를 충실히 하고, 미래에 대한 준비는 남겨져 있는 불확실성을 대비하기 위해 30% 정도 할애하라고 말한다. 현재를 간과하고 뜬금없이 장미빛 미래만을 바라보는 허상에 사로잡힐 경우 현재조차도 제대로 가누기 어렵다.

미래는 그 누구도 장담하기 어려우나 미래의 가능성과 미래 가치가 나에게 줄 수 있는 여력은 남겨 두는 것도 중요하다. 흔히 지금이 가장 젊다고 하지 않던가?

앞에서 얘기했던 지혜로운 사람이 되고자 하는 것과 매일 현재를 사색해 보는 것을 통해 성장을 도모해야겠다.

글을 마치며

새벽 5시에 사료를 먹는 또 하나의 생명체 나의 반려묘 조이의 하루 루틴에 맞춰 일요일 이 시간에 깨었다. 창문 밖으로 이따금씩 새벽의 신선한 바람이 훑고 지날 때마다 조이는 고개를 높이 들고 그 바람을 흡입하듯 들이마신다. 조이는 생각보다 길고 하얀 수염을 갖고 있다. 그리고 너무 앙증맞은 핑크색 코와 입이 내 눈과 마주친다. 누군가가 인스타그램에 고양이의 코를 테슬라의 로고와 비교했는데, "음, 그렇군." 정말이지 아무리 봐도 너무나 딱 떨어지는 묘사에 고개가 끄덕여진다. 지금은 내 옆에서 철퍼덕 엎드러 있는데, 아주 낮은 자세로 온몸으로 바닥의 면적을 최대한 넓게 하여 편히 쉬고 있다. 그래서 어제 업로드한 나의 인스타에는 조이의 사진을 몇 장 찍어 릴스로 올리면서 고양이 팔자가 상팔자라는 타이틀을 걸었다. 고양이뿐이겠는가? 우스갯소리로 누군가는 다시 태어나면 돌로 태어나서 아무것도 하지 않겠다 한다. 그저 한 단어 '돌'로 변함없이 존재하는 물체로서 말이다.

지금은 새벽이라기보다 시간이 흘러 아침이 되었다. 창밖으로 새들의 지저귐 소리가 들리는데 조이는 아침 햇빛에 핑크색 속살이 투명하게 비쳐 보이는(흰색 털을 가진 동물들은 대개 핑크색 코, 핑크색 발바닥, 일명 핑크 젤리인 거 같다.) 쫑긋한 귀를 서로 다른 방향으로 부지런히 돌려가며 그 소리의 출처를 따라 이리저리 탐지 중이다.

이번 페이지는 내가 처음부터 에세이를 쓰려고 했던 마지막 장이다. 앞서 30개의 에세이는 바지런히 쓰면 곧 투고의 날이 오겠거니 비교적 수월하다는 입장이었다. 하지만 이 마지막 31번째 에세이는 생각보다 글이 잘 쓰이지 않았다. 역시 글을 쓴다는 것이 어려운 일임에 동의했다. 어느 누군가가 됐건 꼭 독자를 의식하지 않은 그저 수필의 정의에 맞게 나의 경험과 생각 그리고 감성을 붓 가는 대로 쓴 글이다. 여행기처럼 어떤 특정 주제가 있거나 특별한 경험으로 호기심을 자극할 만한 소재도 없거니와 전문 서적처럼 정보를 제공하는 목적성은 전혀 없는 신변잡기를 주제로 일명 막글에 Chat GPT의 도움을 받은 일러스트레이션을 가미했다.

아직 AI 활용에 미숙하여 여러 차례 일러스트레이션에 대한 AI 프롬프트를 입력해 보지만 지금의 흑백 그림들이 내가 할 수 있는 최선의 선택이다. 컬러보다 단순한 흑백의 일러스트레이션이 주는 여백과 그 여백을 통해 잠시라도 사색이라는 나의 숨어 있는 프롬프트를 작동시켜 보는 것이다.

요즘처럼 바쁜 시대에 긴 글에 긴 호흡을 다는 것이 부담스럽다는 생각에 많은 글을 싣지 않으려 한다. 나도 가끔은 책의 2/3만 읽고 놓아 버리는 경우가 종종 있기에 그러하다.

글을 쓴다는 것은 의외로 많은 이점을 주었다. 생각을 정리하고 사실과 정보를 재확인하여 올바르게 인지하고 또 무엇보다 나의 필력이 형편없어 생각을 글로 옮기는 데 부족함이 많다는 것으로 부끄럽기까지 했다. 처음 글을 쓸 때는 제목부터 지어 놓고 시작했다. '이만하면 됐다'라고. 앞으로 내가 쓰는 글은 신변잡기에 관한 것으로 평범한 사람이 쓴 초보자의 글쓰기가 될 거라고.

'이만한' 것이 도대체 어느 만큼인지 정확히 가늠이 되지 않아 현재 상태를 이만한 것으로 간주했다. 그리고 '됐다'는 것은 현재가 100% 만족 상태라는 의미가 아니라 진퇴양난을 뜻하기도 한다. 자주 언급되었던 중년이니 50춘기니 하는 이 현재 상태는 나에게 진퇴양난 즉 곤란하고 모호함을 대변하여 선택된 단어이다.

하지만 어느덧 마무리 시점에서 그야말로 신변잡기로 쓴 막글이다 보니 '이만하면 됐다'라는 제목이 전혀 맞지 않다 생각이 들었다. 어쩌면 과분하기까지해서 다시 고쳐야 한다. 좀 더 겸손하되 알맞은 제목을 찾는 일. 지금 떠오르는 단어는 '일상 다반사' 정도.

글을 쓰게 된 계기는 이런 진퇴양난의 상황에서 오는 스트레스 해소를 위한 것이었다. 한 친구는 이런 상태에서는 무조건 뛰어야 한다며 걷기보다 뛰는 것을 조언해 주었다. 요즘 마라톤 동호회, 러닝 크루와 같은 모임들이 활발한데, 나는 뛰는 것이 꽤 부담스러운지라 글쓰기를 선택했다. 주로 새벽 또는 출근하여 업무 시작 1시간 전이 나만의 글 쓰는 시간이다. 노트북을 켜고 타이핑 할 때의 규칙적, 또는 비규칙적 인 키보드 두드림이 새벽 또는 아침의 감성을 가볍게 일깨워 줬다.

　내가 글을 쓸 수 있도록 도와준 나의 노트북과 커피와 새벽/아침 공 기에 감사한다.

이만하면 됐다

ⓒ 서희진, 2024

초판 1쇄 발행 2024년 11월 11일

지은이   서희진
펴낸이   이기봉
편집   좋은땅 편집팀
펴낸곳   도서출판 좋은땅
주소   서울특별시 마포구 양화로12길 26 지월드빌딩 (서교동 395-7)
전화   02)374-8616~7
팩스   02)374-8614
이메일   gworldbook@naver.com
홈페이지   www.g-world.co.kr

ISBN   979-11-388-3685-2 (03810)